京都丸太町の恋衣屋さん

天花寺さやか

双葉文庫

京都丸太町の恋衣屋さん

目次

プロローグ

「京都っていうんはな、居るだけで気分の上がる不思議な町え。私らのお商売は、そこに立つ人のお召し物を貸したげるんや。人さん喜ばすお手伝い。こんなん、素敵やと思わへん？」

これは、矢口泰彦（やぐちやすひこ）を貸衣装店「お衣裳　美三輝（みさき）」に連れて来た、若き女性常務の言葉である。

正確には、創業者である祖母の受け売りで、それがそのまま社訓のようなものに、また、彼女の大切な言葉になっているという。

二十四歳の彼女は心を込めて、山梨市（やまなしし）駅で、三歳年上の泰彦にそれを伝えた。

泰彦は最初こそ彼女の熱意に戸惑ったが、しかし最後は、純粋なその瞳に惹かれて転職を決め、翌月の桜が満開の頃、遠路はるばる京都に来たのだった。

それから半月。今、泰彦は、ラグビー部出身と思われがちな厳（いか）つい体を丸めて自転車を漕ぎ、物静かな朝の丸太町（まるたまち）通りを走っていた。

　四月の京都は、暖かくて晴れる日も多い。今日も、西から猪熊通りを過ぎると、二条城の松の青さがはっきりと見えていた。

　自分の新天地「お衣裳　美三輝」の自社ビルは、堀川通りと丸太町通りの交差点、堀川丸太町にある。この二階の作業室が、泰彦の主な仕事場だった。

　ビルの駐輪場に自転車を止めて、正面入り口の暖簾をくぐる。

　建物自体の構造は鉄筋コンクリートでも、この暖簾の他に、周辺の町に溶け込むような漆喰を模した外壁や、木製の引き戸の入り口といった、京都らしい外見がちりばめられていた。

　もちろん、京都市が設定している高さ制限の範囲内であるらしい。景観に配慮している姿勢に、他府県出身の泰彦はいたく感心したものだった。

　ビルの内装は、白を基調としたシンプルなもの。

　一階が待合スペースで、奥に、半螺旋状の吹き抜け階段。ここを上がってお客様は広い試着スペースや和室へと行くが、泰彦が向かうのは二階の隅の部屋だった。

　作業部屋のドアを開けると、既に女性社員の松崎さんがいて、朝一番の作業を始めていた。

「おはようございます。――俺、ひょっとして遅刻ですか？」

「ううん、私が早く来てるだけー。戻って来たお衣装の整理をしんならんかったから、いつもより早く出勤してん」

　松崎さんは垂れ目の顔で微笑み、長テーブルの上にアイロン台を置いて、着付けで使う腰紐の皺を綺麗に伸ばしている。

　給湯スペースの横の洗濯機も既に回っており、中には、同じく着物の、補正に使うタオルが入っているらしい。

　女性の着物は、胸や腰のくびれなどの凹凸が多いと、着崩れの原因になるという。なので、タオルを腰や胸元に当てて体の凹凸を埋めてから、下着にあたる長襦袢を着るという事を、泰彦はこの仕事で初めて知った。

　長襦袢を着たら着物に袖を通し、纏った着物を腰紐で縛って固定してから、伊達締めをして帯を締める。概ねこの作業を経て初めて、女性の着付けが完成するのだった。

　そうなると、着物と共にタオルや腰紐も一緒に貸し出す事となる。役目を終えて返ってきたそれらは、全て洗濯してアイロンをかけて仕舞い、次のお客様のために使うのである。返ってくるお衣装は一日に何着もあるから、単なる手入れと片付けだけでも、意外な重労働だった。

　それを今こなしている松崎さんは、小柄で体力もなさそうに見える。しかし、これがベテランの実力ゆえか、一日中働いていても笑顔を絶やさないし、要領も抜群である。

　そのため、新入社員の泰彦はもちろん、他の社員からの信頼も厚かった。

「今日は、常務も先に来たはるよ。飲み物買いに行ってくれてるわ」

「すみません、下っ端の俺がやる事ですよね。今すぐ常務を追いかけて……」

「あぁ、ええよええよ。別に、早く来いって業務連絡もしてへんかったし。矢口君は、いつも通りで問題ないよー」

そう話している間も、松崎さんの手は休まず動き、ぴんと張った腰紐を小さく畳んで箱の中へと仕舞ってゆく。

給湯スペース近くに貼ってあるメモを読んでみると、今日の仕事の予定が沢山書かれてあり、一番上に、「吉本（よしもと）様婚礼の片付け」とあった。

婚礼の片付け、とは、その名の通り婚礼衣装を片付ける事で、先日貸し出したお衣装が、無事に役目を終えて戻って来たらしい。

これも、松崎さんが既に汚れていないかの確認と簡単な手入れを済ませていて、泰彦は、綺麗に畳まれた色打掛（いろうちかけ）を託され、和室へ片付けてほしいと頼まれた。

受け取った色打掛は、赤地に金糸で織られた立涌文様（たてわくもんよう）に、刺繍（ししゅう）のような牡丹（ぼたん）や鳳凰（ほうおう）を織り出したもの。ベースとなる生地の上に、金糸、銀糸をはじめとした色鮮やかな糸を通して、紋様を刺繍のように織り出す「唐織（からおり）」と呼ばれる種類だった。

手触りは厚く、模様の一つ一つが立体的である。泰彦は、これを宝物のごとく丁寧に横抱きにし、和室へと移動した。

和室、といっても、普通の家にあるような座敷ではない。畳敷きに、壁の一面だけが鏡張りの、和装婚のお衣装の試着室である。

鏡張りの対面は白壁で、もう一面は入り口にあたる襖、その向かいの面も襖で、ここを引けば、色打掛の収納棚になっていた。

収納棚には、目移りするような色打掛が沢山収まっている。

（いつ見ても、すげえ数だよな。これ全部、西陣で作ってんのか……。京都はすげえな）

打掛とは、和装の新婦が振袖の上に羽織る物で、白無垢の場合は白打掛、それ以外が色打掛である。美三輝で扱っている打掛は、そのほとんどが西陣織だった。

常務に教わった話によると、西陣織とは、京都・西陣という地域で作る織物の総称で、特定の織り方や素材を指す訳ではないらしい。

要は、西陣で作った織物であれば、平織りだろうが唐織だろうが、帯だろうが小物だろうが、全て「西陣織」と呼ぶ。

応仁の乱ののち、その場所に織人達が集まって長い時間をかけて培った西陣織は、何の織物にしても完全な分業制で発達しており、設備、人材の才能、技術は、他の追随を許さないという。

出来上がったものは、帯だろうが小物だろうが構図は瑞々しく、糸の織られ方は絵画のように緻密。その中でも、唐織は最高級の部類で、婚礼衣装や能の衣装などに相応しいという。

収納棚の中に、綺麗に畳まれて仕舞われている唐織の色打掛たち。鶴、鳳凰、御所車に花尽くし、吉祥文様に扇面。どれも負けず劣らず豪華で、そして美しい。

泰彦が今抱えている、吉本家の新婦さんが纏った赤地に立涌の色打掛とて、本人はもちろん、列席者もいたく気に入って大評判だったという。

（一生に一度の、装いだもんな）

選んでいた時の新婦の笑顔を思い出し、つい感慨にふけってしまう。

すると、背後から鈴を転がすような声がして、

「泰彦？　何してんのん。そんなとこで立って」

と、小さく背中をつつかれた。

振り向いてみると、この会社の常務、弓場明日香がビニール袋を片手に立っている。

仕事中は、今みたいなポニーテール。そうでない時は、艶のある長い髪を下ろす年頃の彼女こそが、泰彦をスカウトした張本人だった。

明日香は、旬の女優にも負けないほど姿勢が良く、スーツも似合う。なのに、顔立ちは少女のようなあどけなさ。

綺麗、可愛い、どのような誉め言葉も当てはまり、芸能界に疎い泰彦でも、これはと思う美女だった。

「おはようございます、常務。実は、松崎さんに頼まれて色打掛を片付けようとしてたんですが、つい眺めてしまって」

「そうなん？　泰彦、西陣織そんなに好きやったっけ」

「いや、西陣織っていうか、色打掛っていうか、新婦さんのお衣装ですね。何ていうか、その……」

　きちんと伝わる語彙が思いつかず、泰彦は口ごもってしまう。しかし、明日香は特に気にする事もなく、「分かるー！」と笑顔で同調してくれた。

「新婦さんのお衣装って、引き振袖だけもええけど、色打掛も加わると、一気に主役として輝くもんなぁ。……そういう風に眺めてくれるって事は、泰彦もだんだん、和装が好きになってくれてるんやね？」

　明日香の問いに、泰彦は「はい」と素直に頷いた。

「今まで知らなかった世界っていうのもあるんですが……純粋に、興味は湧いてます。婚礼衣装も唐織も、こういう仕事でないと、近くで見る機会もないですから」

　答えつつ、自分が抱えている色打掛を、丁寧に収納棚へと仕舞う。

　明日香は、それを手伝ってくれて収納棚の開け閉めを担い、やがて、襖がゆっくり閉められた。

「――泰彦の言う通りかもな。西陣織そのものは、町でも見る機会があるけど……。西陣織の中でも、唐織は日常使いやなしに、美術品みたいなもんやしなぁ」

「新婦さんは、その美術品を纏う訳ですよね。道理で、皆喜ぶ訳ですね」

吉本家の人々の笑顔を思い出し、その笑顔の因の一つであろう衣装を思い出し、それを貸す仕事を少し誇らしく思う。泰彦が無意識に微笑んでいると、隣から、にんまりと嬉しそうにしている瞳が、こちらを見上げていた。

「何ですか」

「ふふー。うち、泰彦をここに誘って正解やったかも」

「まだ入社して半月ですよ。相変わらず気が早い。来月には、仕事が辛いからーって辞めてるかもしれないじゃないですか」

「えー、わずか一ヶ月で退職？　泰彦が辞めたら、うちとの結婚はどうなんの⁉　あ、でも、お婿さんが同じ会社にいいひんくても、別にええのかそれは」

「いや別に、今のところは楽しいと思ってますから、仕事を辞めるというのは冗談です。それより……だから君との結婚は、承知した覚えはないんですが？」

「えーっ⁉　あの時、山梨で！　うちの求婚を『お願いします』って受けてくれたやん。それ嘘やったん⁉」

始まった、と思い、泰彦は苦笑しつつ敬語を取る姿勢に入った。

通常ならば新人のそんな態度は許されないが、常務と交わすこの話題に限っては、他の社員どころか、社長も爆笑して許可していた。

この話題というのは、泰彦と明日香の結婚話である。

明日香の、相当な一方通行の。

「あのな。入社初日で、早くもそっちは否定したはずだろうが。お願いしますっつったのは就職の件だけ。そっちのプロポーズは入ってねえよ！　勝手に人の過去を改変しないでくれ」

「ほんなら今ここで。結婚もお願いしますー、って、プロポーズして？」

「今は仕事中だろうが。つか何で俺の拒否権がないんだ⁉　京都の女の子は、みんなそうなのか？　出会っていきなり結婚を求めるのか？」

「うん」

「嘘だ。絶っ対に自分だけだそんなの！」

こんな風に、明日香は事あるごとに泰彦を「うちのお婿さん」といい、食事に誘うノリでプロポーズしては、泰彦の抱いていた京女のイメージを激変させる。

彼女の出身は京都の上賀茂で、そう聞けば、他府県出身の泰彦は、大人しい雅なイメージを抱いていた。

しかし、実際はどうも違うらしい。

こんな風に情熱的な彼女との出会いは、泰彦の地元、山梨県だった。

泰彦の出身地は、山梨県甲府市である。武田神社に近い西田町だった。

高校生の頃から引っ越し屋のバイトと陸上部を掛け持ちしていたせいで、長身と体格のよさを「武田信玄」などと言われた事があるも、泰彦自身は平和主義者で、特に目立とうとは考えない人間だった。

そんな風だから、特に野心を抱いて故郷を出るという訳でもなく、大学を卒業して地元の企業に就職し、労働環境が良くなく、最近退職したという人並みの半生だった。

その日、泰彦は、久々に友人と会った帰りに山梨市駅前の居酒屋へと入り、遅めの夕食を取っていた。カウンターで隣り合った眼鏡の人と、

「へぇー。じゃあお兄さんは、地元がこっちで、今は京都が職場なんだな。俺は甲府なんだよ。甲府の西田」

「そうなんですか？　僕はこの辺なんですよ。上神内川です」

などと言い合い、気の合ったその人が先に帰ったので、再び一人となっていた。

ちょうどその時、若い男女がテーブル席につき、女性が京言葉を喋っていたので、泰彦は思わず顔を上げた。

この辺では聞く事自体が珍しいうえに、先の眼鏡の人も、京都で働いているという話を

していたばかりである。

それだけに、つい、そのまま眺めてしまう。彼女は可愛らしい声で相手の男に、

「ほんまに、今日はありがとうございました。何かありましたら、名刺の番号にかけてくださいね」

と言っている。その会話の延長から、彼女の名前は「弓場明日香」だと判明した。

オフホワイトのシャツに、紺のスカート。背筋はぴんとしていて、黒髪がよく合う可愛らしい顔立ちである。

京言葉というものを初めてまともに聞いた泰彦は、ただちに言葉のイントネーションと彼女が結びつき、「京都の女の子」というのはこんなに可愛いものなのか、と思ってしまった。

さらに、

(俺が矢口で、あの子が弓場だから、二人合わせると弓矢っつう単語になるな)

などと益体(やくたい)もない事を考えたのは、どうやら酒が回ったせいであるらしい。

やがて、向こうも食事と酒が進んだらしく、彼女が席を立つ。泰彦の背後を通り過ぎて手洗いへと入っていった。

彼女との縁はそれっきり……だと思っていたのだが。泰彦が何の気なしにテーブルをちらりと見ると、相手の男性が軽く周囲を見回している。

何だと思って見ていると、男は鞄から、白い錠剤を二つ出していた。

やがて、自分のグラスではなく、彼女の飲みかけらしいグラスに入れたのである。

男は、錠剤が完全に溶けるのを見届けた後、何事もなかったかのように唐揚げを食べようとしていた。入れ間違いでないのは、すぐに分かった。

見逃すわけにはいかず、泰彦はすぐに立ち上がって男に詰め寄った。

「おい、あんた。間違ってたら悪いけど……、今、何を入れた？」

「は？　お前、誰」

「カウンターにいた者だよ。今、薬みたいなのを入れただろ。女の子のグラスに。何を入れたんだ。何のために？」

不信感を露にして訊く泰彦に対し、男は作り笑いをして手を振った。

「ただのラムネですよ。炭酸に入れたら美味いんですよー。お兄さんも飲みます？」

「じゃあ、あの子が戻って来たら、そう確認してもいいよな？　とても、ラムネには見えなかったけどな」

泰彦がそう言った瞬間、男が立ち上がり、泰彦の胸倉を掴んできた。

「うっせえよ、てめえには関係ねえだろうが！」

その態度が、全てを物語っていた。

泰彦は怯まなかったと言えば嘘になるが、退く訳にもいかない。負けじと男の腕を掴み、そのまま引き剥がした。

　そうこうしている内に彼女が帰って来る。やはりこの状況を見るなり、

「何、どうしたん⁉　あんた誰⁉」

　と驚いていた。泰彦は早口に、

「こいつがお姉さんのグラスに何か入れたんだ。白い錠剤、二つだ。心当たりあるか？」

　と訊く。

　彼女は目を見開き、やがて理解したのか怯(おび)えたように首を振る。

　泰彦は、男が手を伸ばす前に素早くグラスを掠(かす)め取り、彼女に渡した。

「じゃあ今すぐ、このグラスを店員さんに持って行ってくれ！　あと、警察も呼んで。調べてもらえば分かるはずだ。薬が入ってるって」

　泰彦がそう叫ぶ頃には、店員も駆け付けていた。

　自分の下心を台無しにされた男が、青筋を立てて小皿を取り、床に叩きつける。小皿が砕け散ったと同時に彼女が悲鳴を上げて一歩下がり、泰彦は、咄嗟(とっさ)に彼女の前に立って守ろうとした。

　それを見た男は、さらに目を剥いて片足でテーブルの足を蹴り、

「男と女の事に、首を突っ込んでんじゃねえよ！」

　と、泰彦を威嚇(いかく)した。

普段は平和主義者な泰彦も黙ってはいられず、その時は興奮していて記憶も定かではないが、

「傷つくのはあの子なんだぞ。心も体もだ。お前みたいな奴に、恋愛する資格はねえ！」

ぐらいは、叫んでいたかもしれなかった。

最終的に、店員が警察を呼んで事態は治まり、男は逮捕されて連行されていった。

翌日の午前中、泰彦も事情聴取で警察署へ赴き、その足で居酒屋へ顔を出しに行くと、彼女、弓場明日香が待っていたのだった。

「助けていただいて、ほんまにありがとうございました。あの人、仕事の時は普通の仲買人やったんですよ。あのまま飲んでたらと思うと……！」

「いや、俺も気づけて良かったよ。まぁ、何だ。とにかく君を守れて良かった。警察も入ったし、きっともう大丈夫だと思うから、元気出してくれ。――それにしても、京都から来たんだってな」

「そうなんです。会社の出張で来てて……」

話してみると、明日香は思っていた以上に明るい女性だった。

泰彦が、京都には修学旅行で一度切りと言えば、そこで生まれ育ったという明日香は、

「またいつでも、京都に来てくださいね」

と無邪気に笑ってくれる。

話すにつれて互いに砕けてゆき、泰彦が珍しく転職中だと愚痴ると、

「矢口さんやったら、すぐに決まります。こんなに良い人なんやもん。良い人は絶対幸せになるって、うちのお祖母ちゃんもよう言うてます」

と、人柄と将来を保証してくれて、たとえ世辞だと分かっていても嬉しかった。

その後、居酒屋の店長に挨拶してから、二人一緒に店を出る。明日香は山梨市駅から東京駅へ、そこから新幹線に乗って、京都の会社へ帰るという。

泰彦が帰る甲府は、その反対方向。彼女とはこれ以上何の縁もなし、もう会う事もあるまいと思えば、泰彦は少し寂しくなっていた。

勇気を出して連絡先を聞こうかとも考えたが、彼女が遭った事件を考えると気も引ける。積極的でない泰彦は結局諦めてしまい、改札を通った後で、

「それじゃあ、元気でな」

と、明日香に背を向けた。

それで、全てが終わるかと思いきや。

歩き出そうとした瞬間、明日香がキャリーバッグを置いて駆け出し、泰彦の服を引っ張ったのである。

よろめきながら振り向き、急な接近で顔を赤くした泰彦と、彼女の目とが合った瞬間、

「あの……もし良かったら、京都に来ませんか。というか、うちの会社に来て？　という

か将来、うちのお婿さんになってくれへん⁉」

という、予想だにしない事を言われたのだった。

「……えっ誰が？　京都で何を？　で……、誰の婿になるって？」

目を点にし、呆気に取られた泰彦を前に、明日香は商売用の大人の顔をやめている。

吸い込まれそうな丸い瞳と笑顔。まるで、宝物を見つけた少女のようだった。

「そやし！　うちの会社に来てほしいねん！　ちょうど人手が足りひんし、男の人も欲しいなぁと思ってたところで、矢口さんやったら、絶対いい貸衣装屋さんになれると思う！そんでな、実はうち、矢口さんの事を、男の人としても一目惚れしてて……！　もしよかったら、将来的にはうちと結婚して会社を」

「待て待て待て待て、待ってくれ！　それじゃあ何か。そっちの……京都の会社に行って結婚するのか。俺が⁉　ちょっとよく分からないから、一から順に説明してくれ」

「今、全部言うたやん。人手が欲しくて、一目惚れしたって」

「いや何にも言えてねぇよ！　いきなり、転職と結婚を突きつけられる俺の身にもなってくれ」

「突きつけたって失礼な。情熱的に誘ってるだけやん」

「それが突然すぎて熱すぎるっつう話なんだよ！　頼むから一旦距離を取ってくれ。そんでやっぱり、一からゆっくり説明してくれっ！」

弾丸のように捲し立てる明日香を、ようやく落ち着かせて詳細を聞いてみる。すると明日香の話はやはり、自社へのスカウトらしかった。

いわく、兄が社長で、明日香自身も常務だという貸衣装会社が京都にあり、新しい社員を探しているのだという。

そこに、自分を助けてくれた泰彦を見て、惚れ込んだという訳だった。

人材としても、男としても。

「じゃあ本気で、俺を京都に……ですか？」

「うん。前の会社を辞めて、転職活動中なんやろ？　その転職先をうちに決めてもらって、働いてもらって、うちのお婿さんになってもらうねん。どう？　今日、うちが帰って社長に話しとくから。なっ？」

「悪くはないと思うけど、最後がな、最後が。——何で転職と結婚がくっついてんだよ。まさか、結婚を条件にってやつじゃないだろうな」

「ちゃうもん！　そこはちゃんと線引きをします。矢口さんが嫌やったら、結婚だけでいいもん！」

「何で就職を蹴る方向になってんだよ⁉　逆だ逆！　昨日今日会ったばかりで、ハイ結婚しますって、んな事出来る訳ないだろうが！」

「嫌なん⁉」

「そういうレベルの話じゃねえ！　嫌かどうかすら分かんねえだろうが！」

「そやし、試しで付き合うてみて、って話なんよ。仕事も恋愛も」

明日香がそう言った時、ホームに電車が滑り込んできた。

風が舞い込んで明日香の髪がなびき、停車した電車のドアが、音を立てて開く。話の途中なので明日香は乗ろうとせず、電車の方も、発車まで時間があるのかしばらく動かなかった。

そのせいか、底抜けに押しの強い明日香と、それを真っ向から返す泰彦とのやり取りが止まる。目の前の電車のように、泰彦と明日香も静かになった。

再び静まったホームの中で数秒、変に見つめ合う格好となる。しかし不思議と、泰彦の中で気まずさはなかった。

こんなに一方的に迫られているのに、急な話で戸惑いこそすれ、彼女に対する嫌悪感もない。

それどころか、自分と彼女という構図が、とても自然に思えたのである。

昨日今日会っただけのはずなのに、今だけでなく、これからも。何故か。

そう感じた瞬間がおそらく、泰彦にとっての、人生の転換の瞬間だったのかもしれない。

が、今の泰彦には、そこまで考えが至らなかった。

自分を見つめる彼女に、泰彦はもう一度確認してみた。

「本当に、俺が入社していいんですね？」

「うん。ちょっと舞い上がりながら言うてたし、伝わり辛かったかも。かんにんえ」

彼女は申し訳なさそうに可愛く微笑み、それまでの態度も口調も改める。

今度は真面目に、泰彦へ正式に申し入れた。

「――さっきも説明させていただきましたけど、とりあえずは、弊社に来てくだされば嬉しいです、というお話です。ここは完全にビジネスですから、矢口さんがご承諾されるにしても、お断りされるにしても、好きにしていただいて構いません。人手が欲しいのは本当で、矢口さんやったら、きっと、お客さんも喜んでくれると思います」

結婚の事は言わなかった。それがかえって、明日香が線引きの出来る人間だという証明になり、泰彦の心も大きく動いていた。

「俺、京都へ住むのも、着物とかドレスを扱うのも初めてですよ。迷惑をかけなければいいんですが」

「大丈夫です。私や社長、他の社員が、きちんと指導させていただきます。それに、創業者の祖母は、いつもこう言うんです」

京都っていうんはな、居るだけで気分の上がる不思議な町え。私らのお商売は、そこに立つ人のお召し物を貸したげるんや。人さん喜ばすお手伝い。こんなん、素敵やと思わへん？

その話を聞いて、泰彦にも思い当たるものがあった。

まず、自分の母が、京都に憧れを持っている。テレビやガイドブックを見ては京都に行きたいと言っているし、高校の修学旅行の時は、祇園(ぎおん)や五重塔を見て目を輝かせている生徒が何人もいた。

事実、瓦屋根の京町家がずらりと並んでいる風景を見て、泰彦自身も気分が上がっていたのを覚えているし、特別な衣装を着て、京都という特別な町に立てば、確かにそれは、一生忘れぬ日となるに違いなかった。

その日の衣装を、貸してあげる仕事である。

素直に、魅力的だと思えた。

「——ありがとうございます。面接、受けさせてください。よろしくお願いします」

気づけば泰彦は頭を下げており、それを見た明日香も、同じように礼を言って頭を下げた。

話がまとまって連絡先の交換が済むと、明日香は今度こそキャリーバッグを持って電車に乗る。彼女は車内から泰彦に手を振って、満足そうに微笑んでいた。

「ほな、帰ったら社長に言うとくしね！　小さい会社やから、すぐに社長から連絡行くと思う！」

「ありがとうございます。待ってますよ」

「ふふっ。もう敬語なん？」

「だって、俺の上司になるかもしれないじゃないですか」

「別に、二人の時はいいやん。うち、敬語抜きで言い返す矢口さん、結構好きよ？」

「その話なんですが……さっき、俺に結婚してくれって言ったよな。あれも、本気でそう言ってんのか」

「うん。一目惚れ。そやし、結婚前提でお付き合いしたいなって、思ってる」

「本当に俺の事、好きなのか」

「うん。——昨日、相手の男に叫んでた言葉、凄く嬉しかった。うちの心も体も守ってくれて、ありがとう。矢口さんやったら、お客様の人生に寄り添える素敵な貸衣装屋さんになれると思う」

　明日香の真っすぐな瞳と言葉で、泰彦の顔が赤くなる。

　何か返事をしなければと思ったが上手く言えず、そうこうしているうちに、電車のドアが閉まった。

　ゆっくり走り出す電車の中から、明日香が元気に手を振っている。泰彦は戸惑いながらも手を振り返し、そのまま、電車が見えなくなるまで見送った。

その後、社長と電話や面接をして内定をもらい、新たな人生が始まる。

これが、泰彦と明日香の出会いだった。


「――その後の入社初日で、常務が思い切り俺の手を握って。『この人、うちのお婿さん！』って社員中に触れ回った事、俺は多分、一生忘れませんね。全く誰ですかね？　線引きとか言ってたのは……」

「うち」

「開き直らないでください。もっとも、常務の暴走癖は皆が知ってる事でしたから、誤解を解くのも楽でしたけどね」

「もう、泰彦のいけず！　ほんまに結婚してくれたら、そうやって誤解を解かんでもええのに。うちの事、嫌いとちゃうんやろ？」

「まぁそれは。でも、結婚はまだ勘弁してください。仕事も半人前なので」

「うそっ!?　こんな美しい京女やのに保留!?　売り切れたらどうすんの」

「そんな自意識過剰な京女さんは、まだまだ大丈夫だっつうの」

「もっとオブラートに包んで言うてよー！」

面白半分であしらっていると、隣で明日香がむくれている。

始まったばかりの自分の仕事も、目の前にある珍妙な恋も、今後どうなるかは分からない。

それでもこの京都に来て、明日香と働いていれば。

自分の人生が賑やかに、そして特別になる事だけは、確かだった。

第一話　哲学の道と色打掛

「お衣裳　美三輝」の主な商品は、和装である。

商売としては衣裳全般を扱っている会社なので、ドレスやタキシードもあるにはあった。けれど、女性物の振袖、黒留袖、色留袖、訪問着、白無垢、色打掛などや、男性物であれば羽織袴など、やはり着物の数が多い。

実際、京都という土地柄のせいなのか、受ける注文も和装が圧倒的だった。

これは、美三輝の常連客に、生粋の京都人が何人もいるというのが主な要因である。

そういう人達は明日香いわく、やはり着物に馴染みがあり、それに対する目も、大変に肥えているのだという。

となると、必然的にこちらが扱う商品も和装、それも、流行り物でなく上質なものが要求される。

それらが主力商品となり、やがて、美三輝という会社自体の色になっているのだった。

それを確立させた創業者・弓場加津代は、今はオーナーとしてほぼ引退状態である。

しかし、代替わりしたその孫にあたる現社長は、和装重視をきちんと継承して「美三輝」を守りつつ、婚活イベントや着物イベントを企画して、京都と和装の良さを広める事に精を出しているという。

ドレスよりも着物が好まれる。お客さんも見る目がある。というのは、いかにも京都らしい。

それが今なお息づいている事に感心した泰彦だったが、

「京都人やから着物……っていうよりは、京都にいると誰でも着物が着たくなる、やから目が肥える、っていうんが、ほんまなんちゃうかなぁ」

というのが、明日香の意見だった。

いつものように、泰彦は今日も店の暖簾をくぐり、二階へと上がる。

入社して日の浅い泰彦はまだ勉強と業務とを並行中で、仕事をしながら、衣裳の事を知る毎日だった。

入社初日などは、男という言い訳を差し引いても和装の事を何も知らず、未婚女性が着る振袖と既婚女性が着る留袖さえ、一緒くたに考えていた。

「結婚式で、新婦のお母さんは何で振袖を着ないんですか？　振袖は豪華ですから、お母さんも着たら、会場が明るくなるんじゃないですかね」

というのを明日香に真顔で意見し、和装の種類を教えてもらって顔から火が出た事もあった。

それが今では、明日香や松崎さん、他の社員から教えてもらったり自宅で本を読んだりして、着物の種類は大体分かるようになっている。

そんな泰彦の一日は、返却された着物の片付けから始まる。今日もそうだと思いながら給湯スペースのメモを見ると、今日の仕事一覧に、

矢口：常務ご予約様の補佐

と書いてあった。

つまり今日の泰彦の仕事は、明日香の傍らについて、予約客の対応である。

「俺、ご予約様とか初めてなんですけど、大丈夫ですかね？」

松崎さんに訊いてみると、ほわほわとした返事がきた。

「大丈夫やよー。対応自体は、常務がやらはるから。矢口君は、主に試着する衣装を出したり、片付けたりって感じかな。ご予約様は、お昼の二時に来はるしな。その三十分前には、お茶の準備をしといたげて」

「ありがとうございます。助かります」

返却された着物を片付けながら、簡潔に指示を出してくれる松崎さんに、泰彦はいつも頼りっぱなしである。泰彦は早速、給湯スペースでお茶の準備をした。

お衣装の貸し出しの流れは単純なもので、お客様に店に来てもらい、カウンセリングと試着をして、借りる衣装を決めるのが第一歩である。

その後は当日、泰彦達がお衣装を会場まで持って行くか、お客様自らここへ取りに来てもらう。

式で着た後は、店に返却。それを、松崎さんや泰彦ら社員が仕分けし、専門の職人さんに手入れをお願いする。

それが帰ってきたら所定の場所に仕舞って、これで一周。来店した別のお客さんが、またそれを試着して、借りる手続きをして……という具合である。

今日の予約は、その一周の第一段階。借りる衣装を決めるための、カウンセリングと試着だった。

後から合流した明日香と一緒に応援スペースで待っていると、時間通りにご予約様が現れた。来たのは、来週に記念撮影、五ヶ月後に挙式と披露宴を行うカップルの新婦・児玉(こだま)佐紀(さき)だった。

二十代前半である彼女は、全体的に丸顔で、可愛らしい人である。前回、初めて来た時は滝沢(たきざわ)という新郎と二人で来たそうだが、今回は新婦の衣装を選ぶという事で、彼女だけだった。

応接スペースのテーブルにつき、泰彦がお茶を持って来ると、小さな声で「ありがとうございます」とだけ言う。その様子から、どうやら内気な性格らしい。

明日香がにこやかに、佐紀へ挨拶した。

「この度は、まことにおめでとうございます。お衣装の事でご希望がございましたら、ご遠慮なく何でもおっしゃってくださいね。こちらもございますので、思いつかれるままにお書きくださいい」

明日香が彼女に渡したのは、カウンセリングシートと呼んでいる書類である。予定の挙式スタイル、その場所、希望する衣装の種類、色味、予算など……。まずは本人にこれを記入してもらい、それを詳しく聞いてお衣装の候補を選び、実際に試着するのである。

明日香は既に慣れているのか、緊張気味の佐紀に親身に話しかけ、記入の仕方を教えている。とりあえずは自分の好きなように書けばいい、と明日香が言えば佐紀は安心し、真剣な表情でシートに向き合っていた。

その間も、やはり佐紀の言葉は少なく、小さい声なので聞き取り辛い。それでも明日香は一度も訊き返す事なく、相手に合わせて話を進めていた。

そのイントネーションから、どうやら佐紀は京都、少なくとも関西が地元らしかった。

明日香は普段、泰彦に対しては直情的でも、いざお客様と向き合えば頼れる常務に様変わりする。相手の話をしっかり聞き、時折、女性同士ならではの会話を交える明日香に佐紀はすっかり安心し、泰彦も尊敬の念を抱いていた。

（俺より歳が下なのに、すげえな……）

明日香の仕事ぶりをお手本として眺めていると、一階にいたらしい松崎さんが上がってきて、明日香を呼んだ。

「常務、すいません。お電話が来たんですけど……」

「あっ、ごめんなさい。今接客中で……。松崎さんも、仕事詰まってるんでしたっけ。ちょっと待ってください。すぐ行きますんで……」

「よかったら、俺が行きましょうか」

困った明日香を見て、泰彦は立ち上がる。「ありがとう」と言う明日香と、会釈する佐紀に見送られて泰彦は一階へ下り、松崎さんから受話器を受け取った。

「お電話代わりました。担当の矢口と申します」

電話の相手は新郎だった。

「お世話になっております。私、児玉佐紀の婚約者……あ、新郎っていうんですかね。滝沢海斗（かいと）です」

「あ、はい。お世話になっております。この度はおめでとうございます。よろしければ、新婦様にお電話を代わりましょうか。今、新婦様は上で……」

泰彦が呑気に言うと、向こうが綺麗な標準語で遮った。

「いえ、彼女に用がある訳じゃないんです。衣装を担当される方に、お願いしたい事があるんですよ。それで電話したんです。——今、彼女は、衣装の試着をしてるんですよね？」

「ええ。試着というよりは、その前段階のヒアリングですね。一生懸命、お衣装を選んでいらっしゃいますよ」

「それなんですが……彼女の出す要望を、一旦全部、保留にしていただきたいんです」

「はい？」

思わず、泰彦は訊き返していた。対して滝沢は、よどむ事なくスラスラ言う。

「これから彼女は、自分で自分の衣装を選ぶと思います。皆さんには、その時だけ調子を合わせていただいて、実際にその契約や発注はしないでほしいんですよ。契約するのは、後から僕が選んだ衣装にしていただきたいんです」

滝沢の口調は、申し訳なさそうでも意志が固い。泰彦は戸惑いながらも確認を取った。

「えっと、それは……。新婦様も、ご存知のお話ですか？」

「いえ、何も言っていません。というよりは内緒の話で、本人に知られたくないんです」

大昔ならいざ知らず、新婦のお衣装を新郎が勝手に変えるというのは、新人の泰彦にとっては驚きである。

とにかく、自分一人では判断出来ないと考えた泰彦は、担当に伝えると言って一旦電話を切り、改めて明日香を作業室に呼んだ。

佐紀に聞こえてしまわないようドアを閉めてから、この件を伝える。

カウンセリングを中断するなんて何事か、と思っていたらしい明日香も、さすがに話を聞くと首を傾げていた。

「新婦さんの決めるお衣装を、後で全部替えるって事？　本人の承諾なしに？」

と、眉をひそめている。

「だと……思いますけど。それっていいんですか？」

「いいと言うか、それはお二人の自由と言うか……。うーん……。まぁ基本的には、新婦さんが好きなんを選ばはるよね。後から替えるにしても、新婦さんの合意の下やんね」

明日香も戸惑っており、

「新郎さんやご両親、新婦さんのご両親とかのご意向が強くて、新婦さんのご希望が通らへんケースは無い事もないし、それは、うちらがどうこう言う問題じゃないけど……。新婦さんに、内緒にして進めるっていうんもなぁ……。新郎さんからは、他には、何か聞いてへん？」

と明日香が訊くのに、泰彦は首を横に振った。詳しく聞くべきだったと反省したが、既に電話は切っている。

泰彦は、作業部屋から出て滝沢にかけ直したが、今度は留守電だった。

困惑しつつも二人で応接スペースに戻ると、佐紀はカウンセリングシートを既に書き終えており、恥ずかしそうに差し出してくれた。

明日香は、作業室での話し合いを悟られぬように笑顔を崩さず、

「ありがとうございます。これを基に、試着するお衣装を選びましょう！」

と言って、佐紀を促した。

何にせよ試着の時間は大切、という事は泰彦も知っていたので、そのまま黙って明日香の指示に従い、衣装を出す事に専念した。

新婦のお衣装は、大体がドレスか和装。和装ならば、概(おおむ)ね三種類あった。

神前仏前において、角隠しや綿帽子はもちろん、小物に至るまで白一色で臨む「白無垢」。

主に披露宴などの人前で纏(まと)い、裾の長いのが特徴の「引き振袖」。

そして、先の二つどちらにも羽織る事が出来る「色打掛」の三つだった。

佐紀が試着したのは全て和装で、寒色系の、落ち着いた色や柄が多かった。試着した印象は悪くなく、明日香はもちろん、泰彦も素直に似合っていると褒めると、佐紀は頷き、納得したような表情だった。

カウンセリングシートには、好きな色に丸をする欄もある。よく見ると、濃い赤や淡いピンクにも、丸がしてあった。

明日香はそれを汲んで比較的派手なものも薦めていたが、佐紀は一瞬だけ嬉しそうな顔をして袖を通した後、すぐに脱いでしまった。

結局、佐紀が決めたのは、白無垢と引き振袖の二着。引き振袖は薄紫のもの。

とてもよく似合っていたので、泰彦は感情を込めて「いいですねぇ！」と褒め称えた。

それを聞いた佐紀は、ことんと小さく頭を下げて、

「そうですか。よかったです。私も、こういうのが好きなので」

と呟いていた。

佐紀が帰った後で、明日香が滝沢へ電話をかけ、泰彦も隣で立ち会った。立ち会うといっても電話を聞く事は出来ないので、明日香から内容を教えてもらう。

すると、やはり滝沢は、佐紀の了解を得ずに花嫁衣装を替えたいらしい。

佐紀の了承が無い限りそれは難しい、と明日香が伝えると、滝沢は「それは重々承知なんですけど……」と困ったように言い、

「実は、この件に関しては、ちょっと事情があるんですよ。もし良かったら、実際にお会い出来ませんか。喫茶店かどこかで、そこでお話しさせてください」

と申し出たという。

予定を調整し、電話を切った明日香は泰彦にここまで話した後、しばらく考え込んでいた。しかしやがて、決意して泰彦の方へと向き直り、

「今度の日曜のお昼、空いてるやんな？　ってか、ここで仕事やったもんな？　松崎さん達に頼んで調整してもらうから、滝沢さんとの面会、泰彦も一緒に来てな！」

と、有無を言わさぬ勢いで要請した。

「えっ、俺もですか？」

「当たり前やん！　自分も担当なんやで」

「俺はてっきり今日限りの補佐かと……。というか、俺がいていいんですか？」

「むしろ、泰彦もいた方がいいと思う」

というのは、明日香が面会でのトラブルを危惧しているからで、滝沢の話を聞く時も、万が一何かあった時も、同性である泰彦がいると安心だと言う。

「泰彦の人柄は、うちが一番よう知ってるし。泰彦に責任を投げる訳じゃないけど、相手がうちの話を聞いてくれへんくなった時は、頼むな」

「はぁ。自信はないですけど、やってみます。……面会の場所は、どこなんですか？」

「哲学の道。そこの近くの、喫茶店やって」


　京都市左京(さきょう)区にある哲学の道は、春になると琵琶湖疏水(びわこそすい)の分線に沿っている桜の木々が、競うように咲き誇る。

狭い石畳や、点在する昔ながらの家屋を縫うように花弁が風に舞い散り、疎水の分線の流れに花筏（はないかだ）を作る様は、文学の世界そのものだと人は言う。明治時代、文人や哲学者がここを散策していた事から、その名がついたらしい。

来週に行う佐紀と滝沢の記念撮影も、この場所を使う予定だった。彼女達がよくデートしていた場所であり、思い出の場所だという。

明日香と並んで実際にそこを歩いた泰彦は、音に聞こえる哲学の道の非日常さを堪能し、美しい水の流れと、常に桜の散る光景が、京都にとっては日常なのかと驚いた。

滝沢が指定した喫茶店は個人経営の小さな店で、先に待っていた滝沢によると、桜型のシフォンケーキが評判だと言う。

挨拶がてらコーヒーを飲み、場の緊張をほぐす意味合いで明日香がそのケーキを注文すると、滝沢がようやく口を開き、

「以前ご相談した事の、理由なんですが……」

と、滝沢と佐紀の出会いから、遡（さかのぼ）って説明してくれた。

二人の出会いは大学のゼミで、特に障害がある訳でもなく、恋のライバルが現れるでもなく、至って順調な交際だった。

それが社会人になってからも続き、今回めでたく結婚という運びになった時、滝沢は佐紀にどうしても、ある事をしてあげたいのだという。

それが、「彼女の本当に望むもの」を着せてあげたい、という事だった。

佐紀には一点だけ他人より変わった部分があって、それは佐紀が、自分のものをわざと、地味なものばかり選んでしまうという事だった。

服はおろか、小物も、読む漫画なども、あまり目立たぬような色や柄、内容のものばかり。深く付き合えば確信めいて分かるほどに、本当は派手なものが好きで、小学生が好むような可愛いものを持ちたくて、手に汗握るようなバトル漫画やサスペンスが大好きなのに、本人はそれを避けようとする。

当然、滝沢は佐紀にその矛盾を聞いた事があり、俯いた佐紀から返ってきた答えは、

「そういうのは私に似合わへんし……笑われんのも嫌やし……」

という言葉から始まる、過去のトラウマだった。

佐紀は小学生の頃、ピンクのハート柄の、可愛い鞄を持っていた事がきっかけで、同級生に酷く茶化された事があるという。

今はもう父と離婚し、別居している当時の母親にさえも、「そんな恥ずかしいものを持ってるから」と怒られる始末で、以後、ピンクや赤、ハートや花柄といったものを持とうとすると、心の奥底から当時の声がよみがえり、「似合わへん、似合わへん」と酷く揶揄されている気になるという。

それが歳を重ねるにつれて肥大化し、今ではピンクや可愛い柄だけではなく、少しでも

派手なものになると、佐紀はもう避けてしまうという。

幼い頃の辛い経験が呪縛となり、それが彼女を縛っているのだと、滝沢は説明した。

それを、結婚式のお衣装をきっかけに解いてあげたいのだという。

聞いた泰彦が思わず、

「じゃあ、ショック療法という訳ですか」

と言うのへ、

「まぁ、そうなりますね」

と滝沢は答えて、コーヒーをすすった。

「当日に衣装が変わっていたら、それを着るしかないでしょう？　そしたら、彼女もちゃんと、自分も可愛いやつを着ていいんだって、思ってくれるんじゃないかと思いまして。

──先日の試着、きっと、佐紀は地味なものばかり選んだんじゃないですか」

聞かれて泰彦は確かにそうだと思い出し、

「おっしゃる通りです。白無垢と、薄紫の引き振袖でしたね。カウンセリングシートには、他の色にも丸がしてありましたけど」

と説明した。滝沢は「やっぱり」と頷き、

「そのカウンセリングシート、赤やピンクにも丸がしてあったんじゃないですか。濃い赤とか、淡いピンクとか」

と色を細かく言い当てる彼に、泰彦は驚いてしまった。

「何で分かるんですか」

「そりゃあ、彼女はそういう子ですし。僕だって、いきなりプロポーズした訳じゃないんですよ」

滝沢は照れたように微笑んでいる。その雰囲気から、彼が今までいかに佐紀を見守って来たか、そして、いかに佐紀を好きかが、よく分かった。

そう言われて、泰彦は試着の様子を思い返してみる。

佐紀が控えめな色のお衣装を着た時、泰彦達が似合うと褒めても、佐紀は確かに、喜ぶというよりは自らを納得させたような表情だった。

反対に、カウンセリングシートに丸をしてあった赤やピンクのお衣装を着た時は、すぐに脱いでしまった。

そして、一瞬だけ見せた彼女の表情は嬉しそうだった。

泰彦がそれを話すと、滝沢は小さく溜息をついてコーヒーを飲んだ。

「やっぱり……。実際に試着して選んだのは、白と薄紫……。それも、悪くはないと思うんですけどね。でも僕は、佐紀のそっと希望した、一瞬だけでも喜んだ、赤やピンクの可愛い衣装を着せてあげたいんです。佐紀は着物好きですから、衣装自体はそのままでいいと思います。でも、色は、変えてあげたい」

「なるほど。いいですねぇ！　新婦様も喜びますよ！」

泰彦は既に滝沢の熱意に胸を打たれて、彼の計画に若干乗り気になっていた。

そんな事情があるならばと男同士で手を組みかけた時、それまで聞き手側に徹していた明日香が、口を開いた。

「あの、新郎様」

「はい？」

滝沢は、乗り気だった表情のまま、顔を上げて明日香を見た。

「事情とお気持ちは、とてもよく分かりました。私も、新婦様が本当に望まれるものをと思っております。そのうえで、なんですけど……。やはり新婦様に、この事をお話しされませんか？　新郎様のお気持ちを正直にお話しすれば、新婦様にも分かっていただけると思うんですが……」

途端、滝沢は水を差されたという表情を浮かべてうーんと唸り、

「そうしたいのは僕も山々なんです。でもきっと、それを話すと、本当に佐紀は意固地になるんですよ」

と、困った顔をした。

「可愛いものを選ぼうと手を伸ばすと、自分の中の呪縛が大きくなるらしいんです。誰かに似合わないと思われるのが怖くて、頑として首を横に振って、それで結局、いつものよ

うに地味な、本心では望まないものを選んで、心を落ち着かせる。彼女との買い物デートで、何回もそういう事がありました。なのに後日、自分で選んだ服を着ておきながら、前に買わなかった服をまた見つめてたり……。今回は普通の服じゃない。一生に一度の花嫁衣装です。ですから、僕としては、何とか彼女の呪縛を解いてあげたくて……。佐紀に、後悔してほしくないんです」

心情を語る滝沢に、明日香はしっかり頷いていた。

「そうですよね。お気持ち、凄く分かります。私も佐紀さんが望まれるのなら、ぜひ可愛いお衣装を着ていただきたいです。けれど、お衣裳美三輝という会社としては、やはり新婦様の同意もいただかないと……。後でトラブルになっても困りますし……。何より、いきなり自分の選んだお衣装が変わっていたら、新婦様はむしろ、ショックを受けられるのではないでしょうか。呪縛から選んだものだったにせよ……」

明日香の言葉に、泰彦はハッとした。滝沢も、自分が暴走していた事に気づかされたらしい。反省するように俯いていた。

確かに明日香の言う通り、表面上とはいえ佐紀自身が選んだものを、本人の許可なしに変えるというのは、どんな意図があるにせよ騙し討ちである。

会社の信用問題だけでなく、これから夫婦となるべき今こそ佐紀に話を通すべきではないかと、明日香は遠回しに言っているのだった。

滝沢も、それを理解したらしい。

「……確かに、そうですよね。自分の意志が無視されたら、誰だって嫌だ。弓場さん、ご迷惑をおかけしてすみません。でも……」

それでも滝沢は、佐紀の呪縛を放っておけないようだった。

「やっぱり僕も怖いんですよ。今、彼女の選んだ衣装が、やっぱり呪縛によるものだったらって。今はよくても、結婚して後々、それこそお婆さんになった時、彼女が可愛いものを着たかったって後悔したら、僕は、彼女の呪縛を解けなかった事になる。ずっと君を守るからって言ったプロポーズの言葉が、嘘になるんです」

このまま自分が折れて、佐紀が呪縛によって結局、婚礼衣装までも望まぬものを選び、後で後悔するという未来が見えている事に、滝沢は心を痛めているらしい。

一同黙り込み、さてどうしたものか、という雰囲気になった。

泰彦自身も、何かないかと考える。ふと、新婦の選んだお衣装が和装だった事に気づき、

「あの、新婦様のお衣装はそのままに、色打掛とか、追加してみませんかね」

と提案してみた。

明日香が顔を上げ、滝沢が「色打掛とは？」と訊いてくる。泰彦は明日香の視線に緊張しながら、仕事で覚えた事を諳（そら）んじるように説明した。

「色打掛っていうのは、あの、着物の上に羽織るやつです。新婦様が白い着物の上に、赤

いやつを羽織ってるウェディングの写真、見た事ないですか？　あれです。あれを一着追加するだけでも、結構印象変わるんじゃないですかね。新婦様のお衣装は変えなくて、色打掛だけを内緒で追加したら……」

泰彦が言った途端、明日香が、

「それやーっ！」

と、嬉しそうに叫んでいた。滝沢も乗り気で、詳細を聞こうと身を乗り出す。

シフォンケーキを運んできた従業員が、ぎょっとして泰彦達を見ていた。

記念撮影当日。哲学の道は、陽の光が差して全体的に暖かい。まだ盛りの桜並木も相まって、滝沢に面会した日よりも美しくなっていた。

満開の桜の下で、美三輝が外部から頼んだカメラマンが、婚礼衣装を身に纏った滝沢と佐紀に指示を出している。

撮影が一段落すると、薄紫の引き振袖を着た佐紀は、ほう、と息をついていた。

「大丈夫？　辛かったら言うんだよ」

優しく気遣う紋付き袴の滝沢に、佐紀が「ありがとう」と微笑む。それを、明日香はカメラマンの補佐をしながら眺めており、隣の泰彦に、

「滝沢さん、ええ人よね。やからこそ、成功してほしいな」

と、しみじみ言うので、泰彦も素直に頷いた。

滝沢は凛々しくて、引き振袖の佐紀は清楚である。二人並ぶと気分も上がるようで、新郎新婦は緊張しつつも、二人だけの会話を交わしては、幸せそうに笑い合っていた。

やがて、滝沢が泰彦に合図を出す。泰彦は会社の車からお衣装の入った薄い箱を出し、丁寧に二人の前まで持って行って、佐紀に差し出した。

「これは……？」

何も知らない佐紀が、不思議そうに箱と滝沢を交互に見る。桜が舞い散る中で滝沢が開けると、中に入っていた愛らしい色打掛が露になった。

桜色の地に、裾部分には複数の鶴や草花が刺繍(ししゅう)のように織り込まれている。唐織(からおり)であるそれは、糸の一本一本が緻密であり、透き通るような桜色と、羽の柔らかさまで感じられるような鶴、香るような草花が、一枚の中に見事に織り出されていた。

「凄い……！　可愛い……！」

佐紀の顔が、花を愛でる少女のように綻(ほころ)ぶ。すかさず滝沢が、

「僕からのプレゼント。内緒にしててごめんね。よかったら羽織ってほしい」

と言った。

佐紀は目を潤ませて滝沢を見上げたが、すぐに迷うように目を伏せて、

「でも、ピンクやし……私には……」

と、尻込みしてしまう。泰彦と明日香が遠くから固唾（かたず）を呑んで見守る中、

「大丈夫。今の佐紀がこれを羽織れば、落ち着いた雰囲気を崩さず、可愛くなれるから」

と、滝沢が、事前に明日香から教わった言葉を口にした。泰彦の横で、明日香が小さくガッツポーズしていた。

　滝沢は、明日香からアドバイスしてもらった言葉に自分の気持ちを乗せながら、やがては自分の言葉で、彼女へ愛を誓っていた。

「佐紀。僕はね、君が可愛いものを好きだって事、よく知ってるよ。それで、佐紀は自分に似合わないって思ってるけど、そんな事はない。というよりは、佐紀が選ぶものは、僕は何だって似合うと思ってる。君が選んだ白無垢や今の薄紫の振袖も、もちろん似合うと思う。でも、可愛いのだって似合ってるんだよ。佐紀が知らないだけで。……落ち着いて大人な佐紀だろうが、派手で可愛い佐紀だろうが、僕はどんな佐紀でも、好きだよ」

「海斗君……」

「だから内緒で、色打掛だけを借りてみた。そうしたら、今の佐紀の着物の上に、可愛いものを着せてあげられるだろ？　嫌だったり、まだピンクとかを着るのが怖かったら、今は無理に着なくてもいい。着たくなったら、花嫁衣装は難しくても、美三輝さんが、似たような着物を用意してくれるって。もちろん、その時は僕も付き合う。今日みたいに衣装

を借りて、写真を撮ろう。その時まで、いやそれから先も、僕はずっと佐紀と一緒にいるつもりだから。まぁ、夫婦になるんだから、当たり前かな……？」

滝沢が照れ笑いする頃には、佐紀は泣いていた。化粧が落ちないようにと懸命にこらえながら、

「ありがとう、海斗君……。それ、着てもいい……？　こんな、可愛くて凄いの、ほんまに、私に似合うんかな……」

と再び緊張する。滝沢が頷いたのを合図に、泰彦は明日香と二人で丁寧に色打掛を広げて、佐紀に羽織らせた。

薄紫の引き振袖の上に、桜色の色打掛を纏った佐紀。この上ない美しさだった。

ぴしっとした清楚さと可憐さとが完全に調和しており、最初に声を上げたのは明日香だった。

「凄くお似合いですよ⁉　めっちゃ綺麗！」

それが嘘偽りでないのは、普段の明日香を見ている泰彦にはすぐ分かる。

事実、桜色の可愛い色打掛がここまで佐紀に似合うのかと、泰彦も目から鱗だった。

佐紀を誰よりも愛している滝沢はもはや興奮しており、

「佐紀！　もうこれからは絶対、可愛いのが似合わないなんて言っちゃ駄目だ！　僕、今、佐紀の事がもっと好きになった。――これは、そこの弓場さんに聞いた話なんだけど、こ

の色打掛は唐織って言って、時間をかけて、色んな糸を沢山織り込む事によって出来ているんだって。上手く言えないけど、僕はそんな夫婦になりたい。佐紀の色んな糸と、僕の色んな糸とを織って、立派な一枚のものにしたい。だから……これからも、よろしくね」

その瞬間、佐紀が顔を覆い、滝沢に凭れかかった。滝沢は懐に入れていた自分のハンカチで、一生懸命佐紀の涙を拭っている。

それを見ていると泰彦も思わずうるっときてしまい、横を見ると、明日香は既に泣いていた。

「じょ、常務っていうのは、こういうのに慣れてるんじゃないんですか?」

「慣れてへん! 幸せな結婚は、いつ見ても感動するもんやの!」

自身も幸せそうに貰い泣きする明日香を見て、泰彦は思わず笑ってしまう。

茶化しているのではなく、明日香の長所を感じて、微笑ましくなったからだった。

新郎新婦が落ち着いたところでカメラマンが仕切り直し、

「はい! じゃあ、今度はその色打掛ありで、写真を撮りましょうか!」

と、カメラを構える。

哲学の道で桜が舞い散る中、優しい夫と可愛らしい妻という、一組の夫婦が誕生した。

撮影が終わって解散した後、泰彦と明日香は、滝沢との面会に使った喫茶店を訪れた。シフォンケーキが評判なのか品切れだったので、明日香は「残念やわぁ」と肘をついて悪戯（いたずら）っぽく頬を膨らませてから、機嫌よく別のケーキを注文している。

「あの二人、上手くいってほんまによかったー！　佐紀さんの呪縛もなくなったみたいやし、今日は素敵な日やわー……。な？　泰彦。そう思うやんな？」

貰い泣きした余韻がまだ残っているのか、明日香は小さく鼻をすする。素直に感情表現する明日香を可愛らしく思いつつ、泰彦も頷いた。

「ええ、俺もそう思います。色打掛の追加も上手くいったし、ほっとしてますよ」

「あれ、ほんまにいいアイデアやったよねー。泰彦を補佐にしたたんは正解やったわ」

「いや、俺が考え付いたのは偶然というか……。最近、色打掛をよく見てたからですよ。言い出しっぺで滝沢さんに説明してる時は、お客さんに商品を売り込んでるみたいに思えたから、俺、正直不安でした。というか、俺が考え付くんだから、常務だって色打掛は考えてたんじゃないですか？」

「まあ、一応は。でも、泰彦が今言うた通り、下手したら売り込みになってしまうから、ぎりぎりまで黙っててん。やからこそ、泰彦が一生懸命考えて、損得なしに色打掛を提案してくれた事が嬉しかった。滝沢さんと佐紀さんの事を考えてたからこそ、向こうにもそれが伝わって、今回の成功に繋がったんやで。ありがとうね」

「いえいえ……」

褒められた泰彦は照れ臭くなり、大きな背中を丸めてコーヒーを飲む。

色打掛自体は泰彦のアイデアでも、その意味を佐紀に何と伝えて、どう呪縛の解放に持って行くか。その言葉を主に考え、滝沢にアドバイスしたのは明日香だった。

色打掛は、元の着物から羽織る事が出来、元のよさを崩す事なく、手軽に印象を変える事が出来る。つまり、落ち着いた色の上に可愛い色を羽織れば、両方の要素が一体化してくれるのである。

この重ね着の出来る多彩さが、和装の大きな特徴だった。

加えて、西陣織に代表される日本の織物は、突き詰めるとやはり縦の糸と横の糸で構成されており、唐織ともなると、そこに多彩な糸が重層的に織り込まれる。

そうしてやがて、ため息の出るような、美しい逸品となる。

こういう織物のように夫婦関係や家庭を築いていけるのなら、挙式や披露宴で色打掛を纏う意味も、そこに生まれるかもしれなかった。

実際、滝沢はそれを自分の言葉で佐紀に伝え、二人は心の底から結ばれている。

これから二人は、互いに色んな性格や価値観という糸を出しながら、時間をかけて、立派な夫婦関係を織り出すだろう。

明日香が滝沢に、そういう話を教えた時も泰彦は傍らにいて、泰彦の出したアイデアを引き継いで一層磨き上げる明日香の手腕に、いたく感動したものだった。

「常務、俺より若いのに本当凄いですよ。滝沢さんに教えたあの説明、どっから出てくるんですか？」

泰彦が訊くと、明日香は恥ずかしそうに肩をすくめて、

「うちの、おばあちゃんの受け売り。お兄ちゃん――社長からは、オーナーに頼るなって、いっつも怒られんねん」

と、微笑んでみせた。

社長の言葉も分からなくはないが、泰彦には、明日香が和装という伝統だけでなく「おばあちゃんの言葉」という小さな伝統も受け継いでいるように見え、

（あぁ、お衣裳美三輝もこうやって、長い時間をかけて続いてくんだな）

と、京都らしい商売の在り方の欠片（かけら）を、感じ取っていた。

「――あ、そう言えば泰彦」

「はい？」

明日香に呼ばれて、泰彦は顔を上げた。

「自分が滝沢さんに色打掛を説明してた時、着物の上に羽織る、って説明してたやんね？それはそれで、お客さん向けには分かりやすいけど……。業界で使う単語としては、何ていうか覚えてる？」

ぎくっとして泰彦が黙っていると、明日香は「やっぱり」とにんまり笑い、悪戯っぽく言われてしまった。

「掛下(かけした)っていうねんで。掛下の上に、白打掛や色打掛。覚えといてな」

「あ、ありがとうございます。勉強します……」

「うふふー。お婿さんが立派な貸衣装屋さんになるためやったら、うち、何でも協力するしな。時間がかかっても。本とか写真とか、借りたかったら言うてな」

「ありがとうございます。未熟者でお恥ずかしい。……こんなザマですし、俺が一人前になるまで、結婚はしない方がいいですかね？」

「えっ⁉ 嘘⁉ そんなん嫌や！ ほな泰彦、今すぐ一人前になって⁉ 会社の資料も全部貸すから、一晩で覚えて⁉」

「俺を何だと思ってるんだ。長い時間をかけてもいいんじゃなかったのか」

言い返しつつ、今日にでも会社の本を借りて、早く仕事を覚えようと思う泰彦なのだった。

第二話　絹紅梅と綾傘鉾の縁結び

美三輝(みさき)には、京都と飛翔(ひしょう)をローマ字にして「Kyoto Hisyo」を店のロゴとする、姉妹店がある。

こちらは、本店が扱うような礼装ではなく、散策やお稽古といった普段使いの小紋(こもん)、あるいは浴衣をレンタルしている店で、社内の書類では飛翔、またはKHと略されていた。

泰彦(やすひこ)は前者が好きで「飛翔」の表記をよく使っているし、明日香(あすか)も、同様に飛翔と言う。なので、泰彦の中では、いつの間にか飛翔という呼び名で定着していた。

泰彦の働く本店が堀川丸太町(ほりかわまるたまち)にあるのに対し、飛翔は、観光客で賑わう東山(ひがしやま)。高台寺(こうだいじ)の西側「ねねの道」沿いにある。

正確に言えば、高台寺の塔頭(たっちゅう)・圓徳院(えんとくいん)と隣接する数店舗からなる商業スペース「京・洛市ねね」の一部で、東山をはじめ、京都を観光する人達が主な客層だった。

ねねの道という名は、当地で余生を送った豊臣秀吉(とよとみひでよし)の正室・北政所(きたのまんどころ)ねねにちなんでおり、風情ある石畳に立てば、誰もが京都に望んでいるような、純和風の雰囲気が味わえる。

年中、観光客や地元の人から親しまれており、以前、社員研修で飛翔を訪れた泰彦は、

人力車が行き交うねねの道に立ち、

「俺は別世界に来たのか……？」

と呟いては、呆然としたものだった。

泰彦の率直な感想を言うと、美三輝が姉妹店まで出していたのかと会社の実力に驚くよりも、塔頭の隣で商業スペースが賑わっているという事の方に衝撃を受け、京都が担う、日本文化における一種の最先端を感じていた。


「――ああいうのって、京都ではよくあるんですか？」

本店の二階の作業室で、泰彦は、洗濯機から補正用のタオルを出しながら訊いてみる。松崎（まつざき）さんを手伝っていた明日香が「何が？」と返していた。

「飛翔の場所ですよ。お寺の目の前に、ほとんど境内の中にあるじゃないですか。店が。いくつも。飛翔だけじゃなくて、漬物や和小物、ジュエリーの店にカフェなんかもあって。何て言うか、あれは結構センセーショナルでしたね」

「分かるー。ねねの道は特に、伝統と観光とが、まさしく一体化してるような場所やもんね。行くたんびに、実はうちも感動してんねん。――そういうの、京都ではようあるよ。というか全国的に、江戸時代から同じ文化はあんねんで？」

明日香の横で松崎さんが、

「つまり門前町やね」

と、腰紐にアイロンをかけながら付け加えた。

「伏見稲荷大社とか、清水寺とか、あと八坂さんも。大きいところには大概、門前町というか、お店があるよね」

松崎さんに明日香もそうそうと乗っかり、

「神社さんやお寺さんって、ご縁を繋ぐところやん？　神様仏様といった昔からの大事なもんは守りつつ、沢山の人に来てもらって、自分の町も楽しんでもらうっていうおもてなしの気持ちが、京都にはずっと息づいてるんちゃうかなぁ。せやし、門前町が出来て、うちの飛翔も、高台寺さんの近くに置かせてもらっててんねん。お着物を体験してみて、お参りして、お土産を買えたら、より京都を身近に感じて楽しいやろ？」

地元民なのに、目を輝かせている明日香が可愛らしい。彼女の意見には泰彦も頷くところがあって、

「確かに、そう聞くだけで気分が上がりますね。東山みたいな地域にいるんだったら、せっかくだし、和にどっぷり浸りたいって思いますし」

と言いつつ、いつか甲府にいる家族を京都に呼んで、それをさせてみたいと思っていた。

非日常の観光を着物で過ごせたら、結婚式でもない何気ない一日も、日本文化のよさに

触れる素晴らしい日となるだろう。見聞も広がり、ともすれば、人生観さえ変わるに違いない。

実際、店名の「飛翔」には、観光だけでなく日本文化への興味やその人の人生も羽ばたきますようにという願いが込められていると、泰彦は社員研修で聞いていた。

そういう架け橋となるべく飛翔は存在し、京都随一の観光地である東山、京・洛市ねねに店を構えているのだろう。

下っ端社員の泰彦も、自分が日本文化の一端を担っている気がして嬉しくなり、泰彦の笑顔を見た明日香もまた、機嫌よく鼻歌を歌っていた。

その飛翔に、泰彦が明日香と一緒に手伝いへ行く事になったのは、京の町全体が祇園祭（ぎおん）に沸く七月。先祭の山鉾巡行（やまほこじゅんこう）を翌日に控えた十六日だった。

その日の夜は、「宵山（よいやま）」である。

祇園祭は平安時代初期、疫病や怨霊などを鎮めるために始まった八坂神社の祭礼で、七月一日から始まり、丸々一ヶ月行われる。

その一ヶ月の間に様々な神事があるも、何といっても有名なのは、夜の町中に駒形提灯（ちょうちん）が灯り、山や鉾の上で祇園囃子（ばやし）が奏でられる宵山がまず一つ。

そしてもう一つ、翌十七日と二十四日、山鉾が氏子区域の一部を回って神輿（みこし）の先祓（さきばら）いをする山鉾巡行が、祇園祭の代名詞だった。

その巡行の後で、八坂神社の祭神を乗せた神輿の渡御（とぎょ）があり、一年の息災を祈るのである。

祇園囃子の聞こえる中、深紅も鮮やかな山鉾の立つ風景は、全国のニュースでも日本三大祭の一つとして毎年取り上げられている。

さすがの泰彦も、祇園祭の存在とそれらの風景だけは、京都に来る前から知っていた。

飛翔はこの十六日の夕方、浴衣で宵山に行きたい人を中心として、レンタル着付けの予約がぐっと増えるらしい。

普段は、常駐しているベテラン社員二人で店を回しているが、この時ばかりは着付けやヘアセットの補助がいるとして、明日香と泰彦が出向く事になったのだった。

泰彦と明日香がねねの道に着いてみると、五時前だというのに西日が石畳を焼いている。

京都は、春や秋の素晴らしさと同時に夏と冬の厳しさも語り継がれており、今のような夏の場合、三方を山に囲まれているお椀のような地形から、蒸し風呂のように内側から熱されるのだった。

泰彦達の今の服装は、仕事のしやすい白シャツにパンツである。しかしパンツは黒なので、熱を吸って熱くなってしまう。赤ら顔になった泰彦は、思わずシャツの襟元を摘まんで前後にばたつかせ、体に風を入れた。

そんな中でヒグラシの鳴く声が聞こえると、一瞬だけ暑さが風情に変わるが、やっぱりまた、ぬるい空気が漂うのである。

「噂には聞いてましたけど、あっついですね……!? まぁ、だからこそ、ヒグラシとか、塀から出てる緑とか、周りの人達の浴衣が、涼しく見えるんですけどね」

その、泰彦や明日香とすれ違う浴衣姿の観光客は、よくよく見れば圓徳院の出入り口から歩いて来る。つまり皆、その中に店を構える飛翔から浴衣を借りたのである。

泰彦はそれを、明日香に言われるまで全く気づかなかった。対する明日香は、ねねの道に入った瞬間から既にそうだと気づいていたらしい。

「だって、うちの浴衣は他と一味違うんやもん。遠くからでも分かる！ 若くてもお年寄りでも素敵に着られるような、上質な生地や色、柄のもんが、うちの商品やねん。オーナーや社長にうち、社員の皆で厳選して、飛翔に仕入れてんねんで。泰彦も、いつか一緒に選んでもらう日が来るから、店に入ったら暑さに負けず、じっくり、うちんとこの浴衣を見といてな」

と、明日香は言ったが、いざ飛翔の暖簾(のれん)をくぐってみると店は大繁盛で、じっくり浴衣を見るどころか、常駐の社員である小太りの男性の平原(ひらはら)さん、反対に痩せ型の女性である轟(とどろき)さんに挨拶する時間さえ、ろくに取れなかった。

団体客や単独の客がひっきりなしに続くものだから、平原さんと、その補助についていた泰彦、轟さんと、彼女を手伝っていた明日香の四人が一段落つけた時には、外はもうすっかり暗くなっており、窓からは澄んだ虫の鳴き声が聞こえていた。

ひとまず客を全て送り出して店内は社員だけとなり、泰彦はようやく、待合用の椅子に座る。それまで自分が何をしていたかさえ、咄嗟に出てこないほど疲れていた。

「いやー……やばかった……」

泰彦はそう呟きつつ、飛翔で働く社員二人の仕事ぶりや飛翔のレンタルの流れを、復習がてら思い出していた。

まず、来店したお客さんが借りる浴衣を決めると、平原さんがお客さんをドレッサーの前に座らせてヘアセットする。

櫛やピン、ヘアゴムを指で挟むように持つ平原さんの手は恐ろしく速く、お客さんの髪型があっという間に、浴衣に合うような綺麗な編み込みとお団子になった。

泰彦はここの補佐について小物の出し入れ等をしていたが、髪を梳くための黄楊櫛や、髪に挿す綺麗な簪類が目に留まった事だけは、戦場のような忙しさの中でもよく覚えていた。

ヘアが終わると、お客さんは店内の端にある小さな座敷へ移動する。その襖の向こうには轟さんが待っており、今度は彼女が明日香を補助につけて、お客さんの選んだ浴衣を手際よく着付けるのだった。

時折、お客さんに話しかける明日香の声が泰彦の耳にまで聞こえて来て、お客さんも楽しそうだった。

後から聞いた轟さんの話によると、補助についていた明日香の存在は、小物の出し入れといった煩雑な作業をやりながらお客さんとも話せるので有難く、轟さん自身の気分も上がるらしい。

それを聞いた泰彦は、また一つ、明日香の実力の高さを見た気がした。

そうして着付けが完了すると、お客さんは飛翔の浴衣を身に纏（まと）い、夜の京都を歩いて宵山を目指す。

これら一連の作業を、泰彦達は流れ作業のように、しかしお客さんとも楽しく会話しながら、次々に着付けを完了させていった。

例えば、お客さんが女性四人グループの場合、髪型や帯結びがそれぞれ違っていたりする。それが、平原さんのヘアセット、轟さんの着付けの実力を示していた。

色彩豊かでも大人っぽい浴衣の彼女達は、平原さんと轟さんにお礼を言って支払いを済ませると、皆嬉しそうに下駄を履く。

「宵山、どうやって行くー？」

「京阪（けいはん）で、祇園四条（ぎおんしじょう）まで乗るとか」

「四人やったら、タクシー割り勘でいいんちゃうん」

「あ、そうしようや」

交通手段を話し合いながら、お太鼓の帯やリボン風の半幅帯といった後ろ姿を見せて、店を後にするのだった。

泰彦が思い出していると、手の空いた平原さんが「お疲れさーん」と言って給湯室の冷蔵庫から缶コーヒーを出し、泰彦に手渡してくれた。

平原さんは泰彦の隣に座り、自分も缶コーヒーの蓋を開けている。外の虫の鳴く音に交じって、プルタブの開く音がぱこっと響いた。

「まともな話もせんと、使い走りして悪かったなぁ。矢口君とは、入社初日の研修以来やないか。どや、上手い事やれてる？」

「ありがとうございます。松崎さんや常務に教えてもらいながら、何とかやれてますよ。まだやっと、着物の種類が分かって来たくらいで……」

そういう他愛ない話をしていると、やがて平原さんが「あーしんど」と笑い、豊かなお腹をずらした。

「ま、予約のお客さんも、あと一人やし。もうちょい頑張ろな」

平原さんが言ったので泰彦は思わず、

「えっ。まだ終わりじゃなかったんですか。もう七時ですよ」

と、つい弱音を吐いてしまう。ちょうど、襖から片付けを終えた轟さんや明日香も出て来たところで、先の泰彦の声を聞きつけたらしい。

明日香がわざとらしく、

「ファイト！　うちのお婿さん！　うちの事見て元気出す？」

と腰をくねらせ、日舞とも言えないような妙な踊りで応援し出す。平原さんが笑ったので泰彦は眉間に皺を寄せ、顔を背けてしまった。

「夫婦仲がよろしい事で」

「いや、完全に向こうの一方通行ですよ。――常務、もういいですから。いいですから！　つか何ですかその踊りは⁉　……で。まぁあの、平原さん。最後の予約はどんな方でしたっけ」

明日香を振り切るように話を逸らすと、平原さんが、

「誰やったかいなー？」

と轟さんに投げた。

それを受けた彼女が、

「大学生の女の子やけど、囃子方の友達を見に行くんやって」

と説明した。

「ハヤシカタ？」

初めて聞く単語に泰彦が首を傾げていると、平原さんと踊りをやめた明日香が同時に、

「おー、そうなん？　囃子方とは凄いなぁ」

「囃子方って、何鉾のなんですか？」

と聞き、轟さんが綾傘鉾（あやかさほこ）と答えていた。

祇園祭という祭自体は知っていても、その中身をよく知らない泰彦は、一瞬置いてけぼりを食らってしまう。

しかし、明日香がまず祇園祭そのものを教えてくれて、続いて、先輩社員二人が囃子方について話してくれた。

簡単にいうと、祇園祭の本体というべき存在が、八坂神社の氏子区域を巡行するお神輿で、それをお迎えするために、お神輿より先に巡行して町の先祓いをするのが、各町内の山鉾である。

その山鉾の上で、笛や太鼓、鉦（かね）を叩いてお囃子をしている人達を「囃子方」というらしい。

お囃子は、神様を喜ばせたり迎えるための演奏が室町（むろまち）時代あたりから発達したもので、今では長刀鉾（なぎなたほこ）をはじめ、各鉾や一部の山で行われているという。

轟さんが答えていた綾傘鉾というのも、囃子方を持つ鉾の一つだった。

囃子方は皆男性で構成されており、その年代は一番下で小学生、上は長老と言える人まで幅広いという。

一般募集ではなく、町内の子、あるいはその紹介等で小学生頃から入会するのが普通で、コンチキチンのフレーズで知られる鉦から始まり、概ね十年以上経って初めて、笛や太鼓も許されるらしい。

「じゃあ、囃子方のお爺さんなんかは、小学生の頃から、ずっと囃子方を続けてる訳ですか？　毎年、祇園祭の時に集まって？」

泰彦が確かめると、轟さんが「そうらしいで」と答え、自身の記憶から、彼らの雄姿を思い出しては感心していた。

「もう一生涯、人生をお囃子に捧げてるみたいなもんやね。囃子方の人は、揃いの浴衣を着て、鉾の上とか人前でお囃子をすんにゃけど、私、初めて見た時、格好ええなぁて感動した。お囃子の演奏も、私も楽器やってたから何となく分かるんやけど、めちゃくちゃ上手いで。人前でやれる時点で相当上手いんやけど、加えて音に迷いがない。さすがやね」

スマホで検索した記事や画像、ネットの動画も参考にして泰彦も色々分かって来ると、店の外から人の気配がする。泰彦達は立ち上がって頭を仕事向けに切り替え、引き戸を引いて入ってくる予約客を出迎えた。

セミロングのその女性は、綺麗な声に、流暢な標準語が印象的だった。

「七時に予約してた谷村ですけども……。遅れてすみません」

明日香より少しつり目だが、柔らかそうな髪と相まって、全体的に言えば優しそうである。

平原さんが笑顔で彼女を促し、轟さんと明日香の待つ着物箪笥の前へと移動させる。そのまま、彼女は明日香達を挟んで女性三人の団子状になり、浴衣選びが始まった。

ヘアセットの準備をしながら、泰彦は彼女達の会話に耳を傾けていた。

事前に轟さんから聞いていた通り、谷村麻里は、京都の大学に通う女子大生だった。同じゼミの男子学生が、綾傘鉾の囃子方をしているらしい。

「優斗っていうんですけど、私、そいつと仲が良いんです。宵山でお囃子するから見に来うへんかって誘われて……。今まで、写真や動画でしか見た事なかったので、今回、生で見るのが凄く楽しみなんですよ。囃子方って、全員、お揃いの浴衣を着るじゃないですか。それで演奏するのって、めちゃくちゃ格好良くないですか？　だから私も、折角なら良い浴衣を着て見に行きたいなぁって……。それで、ここを予約したんです。『大人女子の浴衣はここ！』って、ガイドブックに書いてありましたから」

そう話す麻里の声は、泰彦の耳にも楽しそうに聞こえた。

もちろん、隣で本人から直接聞いている明日香は大張り切りで、彼女にとって最上の浴衣を出そうと考えては、色々引っ張り出している。

そこに、轟さんの大人ならではの意見が重なり、最終的に麻里が選んだ浴衣は、絹紅梅というものだった。

「絹紅梅って何ですか？」

麻里達が帯や小物を選んでいる間に、泰彦はこっそり、平原さんに訊いてみる。

平原さんはベテランであるだけに、解説も交えて教えてくれた。

「絹紅梅っていうんは、生地の一種やな。それで作られた浴衣は、ワンランク上の浴衣とか、高級浴衣って言われたりすんねん。で、絹紅梅そのものは……うーん。これ、どう言うたらええのかなぁ。まずな、綿紅梅っていう織り方の生地があって、これが、細い木綿糸と太い木綿糸を格子状に織って、凹凸をつけてる生地やねん。で、その細（ほ）っそい方の素材が、綿じゃなしに絹バージョンなんが、絹紅梅やな。生地自体はちょっと固くてしっかりしてるけど、格子状に凸凹しとるから、肌につかへんで気持ちええよ。あと、ようけ透けよるから、下着やら裾避けは必須やね。半襟（はんえり）をつけて足袋（たび）を履いたら、夏の着物風になる」

「なるほど。それで、ワンランク上の浴衣って訳なんですね」

夏の着物風と言われれば、普段は泰彦も着物に携わっているだけに理解でき、なるほどと頷いては、自宅で読んでいる着物の資料を脳内でめくった。

秋冬の着物、つまり「袷（あわせ）」と比べて、夏の着物は夏の暑さに合わせて生地が相当に薄くなっているのが、夏の着物「薄物」である。

紗（しゃ）、絽（ろ）、麻などの素材で作られており、袷のように裏地がないどころか、下に着る襦袢（じゅばん）が透けて見え、風通しもよいのが特徴だった。

素肌にそのまま着る浴衣でも、襦袢を下に着て半襟をつけ、足袋を履けば、この夏の着物と同じような外見となる。

さすがに結局は浴衣なので、あくまで「夏の着物風の浴衣」としか言えないが、その浴衣の生地を絹紅梅にすれば、しっかりした上品な生地だけに薄物によく似て、通常の浴衣よりもぐっと大人びて見えるらしい。

透けるので下着は必須でも、半襟をつけなければ浴衣として、半襟をつければ夏の着物風に出来るのが、絹紅梅の長所だという。

明日香や轟さんは、そういう所から絹紅梅を薦めたらしく、麻里も、それに心動かされて決めたらしい。後で泰彦も見せてもらうと、落ち着いた薄茶色の、細かい花模様が散らされた大人びた浴衣だった。

帯は、明日香が選んだものを麻里が即決したらしく、茶色の浴衣をより一層際立たせる白の帯だった。

それをお太鼓にすれば、全体像は縦長の茶色の長方形に中央に白の帯、背中には、白の正方形のお太鼓という規則正しいシルエットが出来上がる。

茶色と白という色味も相まって、かえって知的な美しさが目立つ、というのが明日香の見立てだった。

浴衣が決まると、平原さんが麻里の髪をうなじ辺りで綺麗なお団子に結って小さな簪を挿し、轟さんが着付けて、お太鼓もきっちり作り上げる。

座敷から出て来た麻里は、明日香や轟さんの見立てが寸分の狂いなく決まった大人の女性へと変身していた。

浴衣ではなく、半襟をつけて足袋を履いた、夏の着物風である。

「凄い……！　何か、私じゃないみたい」

姿見を見た麻里本人も、今の自分を相当に気に入ったらしい。

「浴衣だけでも気分が上がるのに、着物風にすると、自分がお嬢様や若女将(わかおかみ)になったみたいですね。背筋も、自然にこう、しゃんとなります」

と、照れ笑いする。明日香がそれをさらに盛り上げ、

「うちのおばあちゃんの受け売りですけど、女性にとって着物を着る瞬間というのは、その人が一気に美しくなる瞬間なんだそうです。外見はたおやかでも、心に芯が通って凛々しくなり、その人の人生レベルがぐわっと上がるとか……。優斗さんも、きっと喜ばはりますよ」

と話せば、上機嫌だった麻里の頬に、ほんのり赤みがさした。

茶色の落ち着いた色合いが絹紅梅の上質さと調和し、透けて腕の影がかすかに見える袖は、何とも涼し気である。

その浴衣を巻いているのが白の薊(あざみ)のお太鼓で、麻里の顔立ちに合う高潔さを、より一層

演出していた。

　これにあえてお団子一つ、簪一本だけのシンプルな髪型が合わさった姿を、麻里は再び手鏡で見て喜び、ため息をついて喜び、幾度も前へ後ろへとくるくる回りながら、姿見に自分を映していた。

「向こうも特別な存在になるから、私も、特別な存在になってみたかったんです。ありがとうございます！」

　麻里がお礼を言うと、明日香はもちろん、轟さんや平原さんも嬉しそうに麻里を眺めている。

　泰彦はふと、麻里の喜び方に何か淡いものを感じ、さすがに、彼の事が好きなんですかとまでは言えずとも、

「囃子方のその人は、やっぱり特別なんですか」

と訊いてみた。

　麻里は、明らかに違う類の赤らめ方で頷き、

「そりゃあ、祇園祭の囃子方ですから」

　と言ったが、その言葉の奥底には、祇園祭への憧れ以外にも、やはり彼への恋があるのだろうと、泰彦は感じ取っていた。

谷村麻里は、小学校の頃から和風のゲームやアニメが好きで、高校を出た後は、京都の大学へ行くと決めていた。

それが叶って京都に下宿して大学へ通い始め、三回生の時、同じゼミにいたのが、葛西(かさい)優斗だった。

ゼミを通して話していくと意気投合し、麻里はその中で、彼が綾傘鉾の囃子方だと知ったのだった。

京都市で生まれ、京都市で育った彼は、知人の紹介で小学六年生の時から囃子方に入会し、それから今日までずっと、毎月の稽古と本番、つまり祇園祭でのお囃子を続けている。

普段の優斗はぼんやりしている事が多くても、囃子方の事となると身を乗り出すように話し始め、

「囃子方ってな、毎月お稽古してんねん。七月に入ったらだいたい、どこも自分の町会所の二階でやってる。『二階囃子』って言葉、聞いた事ない？　それの事やで。綾傘鉾は、今は町会所で稽古してるけど、俺が小学生の入りたての頃は、車の整備工場の中でやってたわ」

「綾傘鉾はな、長刀鉾や函谷鉾(かんこほこ)みたいに大きい鉾とちゃうけど、室町時代辺りの形態のま

んまで今日まで続けてる、歴史的にもめっちゃ貴重な鉾やねん。これは全部の山鉾の中で、四条傘鉾と綾傘鉾の二つしかない。まぁでも、綾傘鉾も昔は、屋台の上に傘をつけた長刀鉾みたいな、大きい鉾の時もあったらしいで。いつか、今の大船鉾（おおふねほこ）みたいに、それを復活させたいなぁとも思うんやけど……。今の綾傘鉾かって、昔から伝わってる形やから、悩むところやなぁ」

「うちの綾傘鉾は、縁結びのご利益があんねん。まぁ、その……。もし、麻里が彼氏欲しいとか言うんやったら、来てみたらええわ」

「お囃子を構成してんのは、鉦、笛、太鼓や。これは前にも言うたし、麻里も知ってるやんな？　綾傘鉾はこれらの他に、棒を振る事によって厄を祓う『棒振り囃子』もあんねん。これは壬生六斎（みぶろくさい）念仏にルーツを持ってるやつで、昔は、壬生っていう地域の六斎念仏をやってた人達が、綾傘鉾の棒振り囃子にご奉仕したはったんや。今でも、綾傘鉾の囃子方は壬生六斎も兼任してる人が多くて、俺もそうやねん」

「お稚児（ちご）さん？　そうそう、綾傘鉾にもいはるで。六人いはって、皆、公家（くげ）風の烏帽子（えぼし）に狩衣（かりぎぬ）で可愛いねん。麻里が見たら絶対、『きゃー可愛い！』とか言うわ。ハハハ、そんな怒んなや。ほんまの事やんか」

「俺、囃子方を始めて今でも鉦やけど、そろそろ、長老からは笛や太鼓もどや、って言われてんねん。まぁ、笛も太鼓も難しいから長老のそれは冗談で、俺自身は、まだまだやろうと思てるけどな。けど、ほんまの事言うと、いつかは笛をやりたいなぁって思うねん。でも、鉦ももちろん好きやで。鉦も、見た目に反して案外、音の強弱や速さの変化が難しいから、奥も深いし。長老でも鉦を打つ事があんねんけど、長老の鉦の音は、深みがあって凄い。あの域にいってみたいわ。え？　俺の鉦を聞きたい？　うーん、麻里に聞かれんのは、何か緊張すんなぁ……。嬉しいけど」

と、こちらが止めなければ延々と瞳を輝かせて雄弁に語り、麻里も、そんな優斗に熱いものを胸に感じながら、いつまでも話を聞くのだった。

祇園祭の囃子方というのは、その字面だけでも京都を感じさせるものがあり、麻里から言わせれば、優斗はまさに「京都人」である。

それを言うと、優斗は自分なんてと謙遜し、そこに麻里が笑って「京都人だよ！　凄いよ！」と押し切るのがいつもの流れだったが、優斗本人も実は、千年以上続く祇園祭で、囃子方として携われている事を誇りに思っているらしい。

「俺、ほんまの事を言うとな。いつか結婚して運よく息子が出来たら、父子でお囃子やるんが夢やねん。囃子方は、皆お揃いの柄の浴衣を着てお囃子をするんやけど、子供が浴衣を着ると、小っこくて、めっちゃ可愛いねんで。――まぁ、そんな事を言う前に、まずは結婚しなあかんわな」

と、いつだったか優斗が笑って口にした時、麻里は思わずその場で、

「じゃあ私が」

と言いかけて口をつぐみ、優斗と結婚する自分を想像しては、ときめいて俯いたものだった。

そんな風に、最初こそ優斗を「憧れの京都人」と見ていた麻里だったが、今ではすっかり、男性として彼に惹かれている。

そんな優斗から、「宵山で、お囃子するから見に来うへんか」と誘われた時、麻里は恋の幸福感のあまり、しばらくはレポート課題さえ手に付かない程だった。

優斗の晴れ舞台ならば、自分もそれに相応しい服装で行こうと麻里は思い立ち、辿り着いて予約したのが「Kyoto Hisyo」だった。

優しくて明るいスタッフさん達と選んだ浴衣は、絹紅梅という生地の浴衣で、麻里は初めて出会うもの。いざ着付けてもらうと、生地そのものに凹凸があるためか、肌に付かなくて軽やか、まるで羽衣のようだった。

シャツと違って暑いかもと覚悟していた浴衣だったが、構造上、両脇がぱっくりと大きく開いているため、予想以上に涼しいのには驚いた。麻里がスタッフさんに訊いてみると、そこは身八つ口というらしい。

姿見に映った自分は、いつもとは明らかに違う自分で。テレビで見る若女将のような姿がそこにある。

浴衣と言えば派手な印象を持っていた麻里だったが、選ぶものを変えるだけで、こんなにも淑女的になるのは、目から鱗の思いだった。

「凄い……！　何か、私じゃないみたい」

思いがけず得た涼しさと変わった自分に感動し、麻里はこの時点で既に夢見心地だった。

麻里がはしゃいでいると、

「うちのおばあちゃんの受け売りですけど、女性にとって着物を着る瞬間というのは、その人が一気に美しくなる瞬間なんだそうです。外見はたおやかでも、心は芯が通って凛々しくなり、その人の人生レベルがぐわっと上がるとか……。優斗さんも、きっと喜ばはりますよ」

と若い女性のスタッフ、弓場さんが言ってくれて、その言葉通り、麻里の人生は既に大きく羽ばたいていた。

特別な浴衣を着て好きな人に会うというのは、全く文字通り、人生の一大イベントである。麻里は外見だけでなく心も高揚しており、自分でも分かる程、全てが綺麗になっていた。

支払いをして店を出た麻里は、背筋を伸ばして堂々と、そして自分でも驚くほど優雅な足取りで宵山極まる京都の中心地へと入り、駒形提灯の光が幾重にも重なる四条通りを抜け、綾小路（あやのこうじ）通り沿いに建つ綾傘鉾へと向かっていた。

すれ違う浴衣姿の人は沢山いれど、今の自分だって誰にも負けないぐらい輝いていると、麻里は不思議な自信に満ちている。

それはやはり、絹紅梅の浴衣が関係していると思われ、

（浴衣……というか、和服を着るだけで、こんなにも気分が変わるんだ）

と、優斗への恋とは別のところで、和服に興味を持ち始めていた。

綾小路通りに入った麻里はまず、大原（おおはら）神社にお参りして粽（ちまき）を授与してもらい、さぁいざ、と、お囃子が奉納されている場所へ向かう。

人づてとネット検索で知った情報では、大原神社より少し東の駐車場でお囃子と棒振り囃子が奉納されており、優斗はそこにいるらしい。

麻里は、縁結びが御利益だという綾傘鉾を思い浮かべながら、足を速めた。

（お囃子は交代制って言ってたけど、確か、今の時間帯はお囃子をしているはず。優斗、そう言ってたし……）

駐車場に着いてみると、少し遅かったのかお囃子は一旦終了しており、それまで一か所に集まって見物したであろう人々も、様々に散っている。

記念品を買ったり、屋台で小腹を満たしている人を横切りながら、麻里は優斗を探した。

お囃子を終えた囃子方の人は、神紋が入った藍と白地の浴衣を着ているためすぐに分かり、屋台の近くで知り合いに挨拶しているあの人も、駐車場の端で、自分を見に来た幼い娘を嬉しそうに抱き上げるあの人も囃子方だと分かったが、

「あの、すみません。囃子方の葛西さんを探してるんですけど……」

「葛西君？　あれ、さっきまでそこにおったのになぁ」

と、そういう人達に訊いてみても、肝心の優斗は見つからなかった。

暗い綾小路通りは、町家の灯りや屋台のライトが入り混じり、にも拘わらず不思議と静けさも感じられる幻想的な空間に満ちている。

東西の綾小路通りを行ったり来たりしている内に、麻里はとうとう、囃子方の浴衣を着た優斗の、溌剌とした後ろ姿を見つけた。

「あっ、優斗……」

しかし、麻里が声をかけようとしたその時。優斗の横から、蝶柄の浴衣を着た若い女性が現れ、優斗に近づいたかと思えば声をかける。

優斗の方も、彼女に気づいて親しげに話し、やがて彼女の方が、後ろから優斗に抱き着

いていた。優斗は、一旦振り払ったがその後は抱き着かれたのも慣れたように、再び彼女と楽しく喋っている。

明らかに、友達ではない距離の近さだった。

（という事は……彼女……）

この光景に麻里は目を見開いて呆然とし、何かで頭を殴られたような、計り知れないショックを受けた。

今さっきまでの自信が嘘のように塵（ちり）となって消え、宵山の賑わいも灯りも、何もかもが自分から遠のいていった。

麻里は黙って踵（きびす）を返し、綾傘鉾から離れて行く。少しでも気を抜けば涙が出てしまいそうだったが、町中の、しかも浴衣姿で泣くのはみっともないと思い、必死に我慢していた。

（ひどい、ひどい。こんなのひどい。優斗、彼女がいるなんて一言も言ってなかったのに。あんな良い人がいるんだったら、私なんか誘わないでよ……。はしゃいで、こんな良い浴衣を着た自分が、バカみたいじゃん……）

このまま帰るのも寂しいし、かといって、このまま宵山の中にいるのも辛い。どうしようかと考えているうちに左足が痛くなり、通りの端に寄って、電信柱に身を寄せた。

左の草履から、鼻緒に指を通さない程度に足を抜くと、少しだけ痛みが引く。そのまましばらく休んでいると、

「あれっ、谷村さん!?」

と、若い女性に声をかけられた。

顔を上げてみれば男女二人組で、今日、自分が予約して着付けてもらった「Kyoto Hisyo」のスタッフさん達だった。

声をかけて来た女性の方は麻里もよく覚えており、おばあちゃんの言葉として着物の事を話してくれた弓場さんである。

もう一人の大柄な男性は、その体格ゆえに顔を覚えてはいたが、名前は何だったか忘れてしまった。

仕事終わりでこちらへ来たのか、二人ともシャツにパンツのまま。ただ、後から付けたのか、弓場さんの耳元にはつまみ細工のヘアクリップが付けられている。

綺麗な花形であるそれは、元から美人である彼女をさらに可愛くしていた。

「お二人とも、確か飛翔の……」

「そうです！　弓場です！　こっちは部下の矢口（やぐち）です」

「やっぱり。矢口さんは、ヘアセットの補助をしていた方ですよね。この度は、浴衣を貸してくださって本当にありがとうございました」

麻里がお礼を言うと、弓場さんはもちろん、矢口さんも嬉しそうに笑ってくれる。

その矢口さんが、

「優斗さんには会えました？」

と訊いたので麻里は咄嗟に作り笑いしてはぐらかし、それを敏感に感じ取ってくれたらしい弓場さんが、素早く彼の脇腹を叩いた。

そのまま、ふっと目線を落として、

「足、痛めはったんですか？」

と、さりげなく話題を変えてくれる。麻里も渡りに船とすかさず答え、

「そうなんですよ。最初は何ともなかったんですけど、今になって痛くなっちゃって……」

と苦笑いした。すると、弓場さんも矢口さんも、

「大丈夫ですか？　足、血とか出てないですか？」

「俺、何か包帯とか買ってきましょうか？」

とあれこれ心配してくれた。

二人とも、まるで以前からの知り合いのように話しかけてくれて、それが、今の麻里には有難い。

矢口さんに対しても、優斗の事を訊かれたのは少しだけ恨みこそすれ、悪い人ではなさそうだと思い、麻里は心を開いていた。

「ありがとうございます。もう少し休めば、また歩けると思います。――弓場さん達も、

山鉾を見に来たんですか？」

「はい。でも、もう一つ目的があるんです。泰彦……あ、失礼しました。矢口に、宵山を見せたいと思いまして。ここには、各山鉾の懸装品だけやなしに、道行く人の浴衣も沢山見れるので。彼、今年の四月に、京都に来たばっかりなんですよ」

「あっ、そうなんですね」

気づけば二人との会話が弾み、麻里は足の痛みを忘れつつあった。

弓場さんと矢口さんの話を聞いてみると、山梨県から来た矢口さんは、まだ新入社員で和装についても勉強中。今夜は、美術的な目を養うために、弓場さんと一緒にここへ来たのだという。

宵山では、各山鉾町で懸装品の展示が行われており、山鉾の前後左右にかける文化財級のタペストリーはもちろん、ご神体の人形が纏っている装束なども、常時間近で見られるらしい。

矢口さんはかなり勉強になったらしく、顎を撫でて感心していた。

「常務……あ、すみません。弓場にあれこれ教えてもらいながら、山鉾の懸装品をじっくり見て来ました。凄く楽しかったし、勉強になりました。懸装品が迫力あって素晴らしいのはもちろんなんですけど、俺は正直、それを眺めている浴衣を着た人達も、文化財の一つみたいに思えましたね」

「浴衣が文化財？」

麻里がわずかに首を傾げると、まぁそれは大袈裟ですけど、と矢口さんは返し、照れ臭そうに頭を掻いていた。

「浴衣って、手軽に着られるじゃないですか。だから、夏のお祭になると、沢山の人が着てお祭に来る。それで、気づいたんですよ。皆それぞれ、自分の好きな生地、好きな模様の浴衣を着てるんです。赤の浴衣だったり、青の浴衣だったり、昔ながらの古典柄だったり、薔薇にラメなんかが入ってたり。生地だけで言えば、綿とか絞りとか。皆いつもとは違う、なりたい自分になっているから、日本の夏がこんなに鮮やかになる。谷村さんが今着てるのだって、絹紅梅っていう特別な浴衣ですよね？」

「はい。弓場さんと轟さんが出してくれたんです。白い帯は弓場さんのチョイスで……。弓場さん、本当にセンスがいいですよね！」

麻里が褒めると、弓場さんは顔を赤らめ、肩をすくめながら謙遜する。彼女が、

「谷村さんが、立派に着こなしてるからですよ」

と言ったので、麻里はそれをごく自然に否定し、

「着こなしてるというよりは、浴衣がそうさせてるんです」

と断言した。

自分が、絹紅梅の浴衣を着られる特別な存在なのではなく、絹紅梅の浴衣こそが、今の

麻里を変えてしまうほど、特別なお衣装なのである。

矢口さんの言葉を引き継ぐなら、絹紅梅だけでなく、何の生地であれ浴衣そのものが、実は特別なお衣装なのかもしれなかった。

矢口さんは、なおも浴衣に好意を寄せており、

「浴衣はまさに、日本の夏を彩る懸装品なのかな……。なんて、思ったりして」

と口にしては、弓場さんに感性の良さを褒められていた。

矢口さんの言葉は拙くも瑞々しく、本当に和装に興味を持っているのだという事が、麻里にも分かる。

その彼の横で、彼の言葉に上機嫌で頷き、麻里と一緒に浴衣を選んでくれた弓場さんも、和装が好きなのだと純粋に感じられた。

だからこそ二人は京都で、貸衣装屋をしているのだろう。

(好きな事を仕事にしてるって、いいな。好きなものがあるって、いいな)

そう考えた瞬間、麻里の脳裏に、囃子方について語る優斗の姿が現れた。

次いで、絹紅梅の浴衣に出会って感動し、和装に興味を持った自分の姿。それらの喜びの光景が、天からの淡い映写機のように、ふっと浮かび上がった。

それは恐らく、優斗と出会えた事や浴衣を借りた事で、麻里と日本文化が縁付いた瞬間である。

一旦それに気づけば、優斗が今着ているであろう囃子方の浴衣や、囃子方としての生活、心境、果ては祇園祭や京都の事など、知りたい事が溢れて仕方なかった。

加えて麻里自身も、絹紅梅だけでなく、色んな浴衣を着たいと思ったし、またそうなれば、着物そのものにも詳しくなりたい、簪などの小物も知りたいと、興味はどんどん広がってゆく。

(ああ、知りたい事がありすぎる。まず、優斗が着てた囃子方の浴衣の生地は、何なのかな。ひょっとしたら、良い生地なのかな)

恋心は抜きにして、麻里は優斗に会って話を聞こうと思った。

麻里は、天から何かを貰った気がして、はっと顔を上げた。

(せっかく色んな事に出会えたのに、このまま失恋で泣いて帰れば、何も始まらずに終わってしまう。綾傘鉾や、他の鉾の懸装品も見てみたい。宵山を回って、他の人の浴衣も見てみたい。優斗からも、祇園祭やお囃子の事を、もっと聞きたい。……優斗の彼女さんの浴衣も確か、蝶の模様で綺麗だった。それだって、夏の今しか見られない。……この縁を、逃したくない)

気づけば、麻里は草履を履き直して背筋を伸ばしており、

「弓場さん、矢口さん。お話に付き合ってもらって、ありがとうございました。私、優斗の所へ戻りますね」

と、しっかり微笑んで頭を下げた。

優斗のもとには彼女がいると分かっていたが、麻里はもう気にしていなかった。

これからの自分が、いかに宵山と日本文化を楽しめるかだけを、考えていた。

優斗には友人として会いに行き、囃子方や祇園祭の事を色々教えてもらい、彼女さんの可愛い浴衣も堪能する。

その後で、山鉾を回る。浴衣という夏の和装で溢れる京都の夜を、羽衣のような絹紅梅を着て、歩きたい。

麻里の晴れやかな表情を見て、弓場さんが安心したように、にっこりと笑っていた。

「足、もう大丈夫ですか？」

最後に訊いてくれた彼女へ、

「はい！　もう治りました！」

と、麻里は弾けるように笑って、二人に背を向けた。


弓場さん達と別れて駐車場へ向かっていると、ちょうどその時、向こうから優斗が走ってくる。囃子方の浴衣の裾を捌きながら、かなり慌てている様子だった。

あ、と麻里が足を止める間に、優斗は息を切らして麻里の前に立っていた。

その様子から、他ならぬ麻里を探していたらしい。

「見つかってよかったー！　俺、先輩から来てたでって聞いたから、結構探しててん！　電話でも何でもええし、声かけてくれたらよかったんに」

優斗の笑顔に、麻里は思わず会えた嬉しさが胸をつき、

「ありがとう！　私も、こんな人混みだから、無事に会えてよかった。さっき行ったら、お囃子自体が終わってたの。だから、屋台とかお店を見てたんだ」

と、淡い片思いは心の奥底へやりつつも、大学で過ごしている時のような、気軽な友人関係の口調で答えていた。

「そうか。ほな悪かったなぁ。お囃子はまだあるし、案内するわ」

彼は麻里を手招きして、お囃子の会場へ連れて行こうとする。

麻里は反射的に、

「あ、でも彼女さんは……いいの？　さっきまで、優斗のそばにいたんでしょ？」

と、こじれてしまわないよう気を遣った。

途端、優斗は怪訝（けげん）な顔をして、

「彼女？　……ああ！　もしかして姉貴の事？」

と答えたので、今度は麻里がぽかんとする番だった。

「姉貴？」

「うん。蝶のぼかし染の浴衣で、俺の後ろから、ガバーって抱き着いていた奴やろ？　抱き着くっていうか、首絞めてるみたいなもんやけどな。姉貴や、姉貴！　彼女なんか、俺がお願いして欲しいぐらいやわ。何やお前、勘違いしてたんか!?」

さもおかしいと言うように話す彼の顔を、麻里はしばらく凝視していた。

どうも麻里は、とんでもない勘違いをしていたらしい。恥ずかしくて顔を覆いそうになったが、失恋していなかったという事実は麻里を何より喜ばせ、

「なあんだ、そうだったの！　楽しそうなお姉さんだね！」

「姉貴はいつもテンション高いから、ひょっとしたら、自分とも気ぃ合うかもしれんなぁ。お前も、首絞めんなよ？」

「警戒し過ぎー」

という笑顔は、自分でも分かるぐらいに頬は上気し、この上ない幸せをたたえていた。

それが伝わったのか、優斗は一瞬のうちに笑みを返したかと思えば、照れ臭そうに顔を背ける。

「で、まぁ。やがて、懐からメモを出してお囃子のスケジュールを確認したらしい彼は、

「で、まぁ。その姉貴も彼氏とどっか行ったし。俺も休憩中で、まだ時間あるし……。ちょっと近くでよかったら、その辺を、俺と一緒に回るか？　その後で、お囃子を見てってらええわ」

「……いいの？」

「うん。行こうや」

と、麻里を誘ってくれた。

来てくれたお礼としてではなく、明らかに、彼自ら求めるお誘いだと分かる。麻里は嬉しさのあまり、薄(うっす)らとした涙で目を輝かせては、何度も頷いていた。

「……うん！　行く！　絶対行く！　私、今、すっごく宵山を楽しみたいんだ！　あと、浴衣とかの着物や、文化財とかにも興味ある！　私が今着てるこの浴衣も、絹紅梅っていって、凄くいいやつなんだって。あと、宵山で、懸装品っていうのが綺麗なんでしょ⁉」

少女のようにはしゃいでは矢継ぎ早に話し、優斗の顔を見上げる。

いつも楽しそうに語る優斗の姿が、今は、麻里に乗り移ったかのようだった。

「だから私、ただ見るだけじゃなくって、優斗からも色々聞きたい。今も、これからも。

——その囃子方の浴衣って、売ってるものじゃないんでしょ？　そう言えば私、さっき見かけた優斗のお姉さんの浴衣も、素敵だなぁって思ってたの。お姉さんにも会えるかな」

「会えるよ。後で、俺が紹介するわ」

優斗は麻里の心をしっかりと受け止めて、綾小路通りの暗がりの中で、愛おしそうに見つめ返してくれた。

「囃子方の事も、祇園祭の事も、歩きながら色々教えたる。……麻里は楽しそうに聞いてくれるから、俺、いつも嬉しいなって思っててん。その笑顔が……あ、いや、何でもない。

「……そっ、そや。囃子方の浴衣を知りたいんやっけな？　この浴衣はな、綿なんやけどな……」

「うん」

互いに頬を赤らめつつ、麻里と優斗は並んで歩き出す。

絹紅梅の浴衣を着た麻里と、囃子方の浴衣姿の優斗はまさに一枚絵のような美しさで、間違いなく、夏の京都を彩る貴重な存在だった。

麻里と優斗が人混みの中へ消えるのを、泰彦と明日香は遠くから眺めていた。

泰彦はてっきり、麻里の片思いなだけかと思っていたが、優斗の方も、どうやら麻里の事が好きらしい。暗くて少ししか見えなかったが、二人ともいい笑顔だった。

四条通りで配布されていた祇園祭のパンフレットには、綾傘鉾の御利益は縁結びと書かれてあった。

今、まさに一組が結ばれたのを見た泰彦は、綾傘鉾の御利益の確かさに、腕を組んで唸っていた。

「いやぁ、すげえな……！　俺、縁結びをリアルに見た気がします。神様って、本当にいるんですかね？　縁結びの鉾の前で恋が実るなんて、少女漫画みたいじゃないですか」

「ほんまにねー。うちも、少女漫画みたいな展開が欲しいー」

明日香が泰彦を見上げて、何かしてと言わんばかりに瞳をパチパチさせる。泰彦がいつものように言い返そうとすると、その瞬間に明日香は表情をふっと和らげ、

「うそ、うそ。泰彦には、もう買うてもらったもん」

と言って、つまみ細工のヘアクリップを外しては、宝物のように両手で包んでいた。

宵山では、山鉾町の呉服店が、祇園祭セールと称してワゴンや屋台を出す事が多い。浴衣や着物は元より、和装の小物や帯、和柄の日用品等を安く入手出来る買い物の楽しさも、宵山の醍醐味の一つだという。

泰彦達は、この綾小路へ来る前に、そういった呉服屋の一つに立ち寄っていた。

ワゴンの中には和装用の小物が沢山並んでおり、ヘアクリップを眺める明日香の背中を見た泰彦は、日頃のお礼と思いつき、それを買って明日香にプレゼントしたのである。

その時の明日香の喜びようと言ったら跳ね回る少女のようで、それを髪につけたまま宵山を歩き、やがて、麻里に遭遇したのだった。

「これ、ほんまに嬉しかった。泰彦ありがとうね。うち、一生大事にするわ」

「いいですよ、そんな。高価なものじゃないんですし。むしろ……就職先を紹介してくれたうえに、いつも世話になってるお礼が、そんなものですみません。いつか、ちゃんとしたものを買いますんで」

待ってててくださいね、と、いつになく泰彦が真剣に言おうとした矢先、明日香がこれでもかと目を見開いては、星のように瞳をキラキラさせていた。

「ほんまに⁉　結婚指輪⁉　泰彦ありがとう！　最近はピンクゴールドも流行りやけど、うちはやっぱりシルバーが」

「言うと思った却下で」

泰彦がバッサリと切り、いつものように、明日香が頬を膨らませては唇を尖らせる。

入社したての頃は、ともすれば面倒だと思う時もあったが、今では慣れたせいもあってか嫌ではない。

むしろ、ここまでのやり取りをして初めてしっくり来る感じもするのは、やはり、自分も明日香に惹かれ始めているせいか、と、泰彦は何となく思うのだった。

泰彦が明日香や美三輝と出会ったのも、麻里が優斗や和装に出会ったのも、神様が本当に存在して、結んでくれた縁なのかもしれない。

とすると、人生には、見えない希望が沢山あるのではないか。恋愛だってその一つ……。

泰彦は色んな疑問を一つの質問に詰め込んで、明日香に訊いてみた。

「あの、常務。――神様って、本当にいると思いますか」

「いはるで。だってあの二人、結ばれたやん」

彼女は即答した。泰彦が真面目に聞くと、彼女も必ず真面目になってくれるのが、泰彦にとっては心地よかった。

泰彦の疑問がどんなに拙くても、明日香は、いつも笑いこそすれ嘲笑いはせず、確かな返事で答えてくれる。

「じゃあこの先も、神様が二人を見守ってくれると、いいですね」

泰彦が言うと、明日香もほんまやね、と微笑んでおり、麻里の恋の成就を、自分の事のように喜んで上機嫌だった。

「特に谷村さんは、恋が実った上に、新しい興味も持てたみたいやしなぁ。谷村さんの人生、これからきっと楽しくなると思う。神様が、きっとそうしはったんや。――さ、うちらもその御利益を頂いて、色んな山鉾を見て回ろ？」

「はい。沢山見て、勉強します」

泰彦と明日香もまた、二人で並んで歩き出し、宵山を楽しむのだった。

耳を澄ませば、屋台や道行く人達の賑わいに交じって、祇園囃子が聞こえてくる。

祇園祭の事を、それこそ明日香や優斗程には知らない泰彦だったが、祇園祭やそれを楽しむ人々、ここぞとばかりに溢れる浴衣という和装、そして、八百万の神様が本当にいるであろう日本文化が素晴らしい事だけは、体の芯から理解出来ていた。

明日香の回想録

明日香が、仕事終わりに宵山へ行こうと誘った時。泰彦は「いいですねぇ」と言って、ついて来てくれた。

「宵山には、山鉾の懸装品とかも沢山飾られてるし、周りの人達の浴衣も見たら、和装の勉強にもなると思う。どう？」

と、明日香が付け加えて訊いてみると、泰彦は面倒な顔をするどころか勉強になると聞いて尚更行きたがり、実際、各山鉾町の会所に飾られている懸装品、特に前面や側面を飾るタペストリーの細部をじっくり見ては、熱心に解説板を読んでいた。

「いやぁ、凄い。これ、十六世紀のものなんですよね。機械もない時代にこんな大きな、しかも絵画そのままの構図を、糸だけで織り出せるなんて。すげえなぁ……。この懸装品は毛綴という織り方で、つまり、緯糸だけで紋様を織り出すもの……だったよな……？合ってるよな？」

自分が本などから覚えたであろう知識を引き出し、目の前の懸装品や解説板と一致させては、答え合わせしていた。

山鉾町の会所から出て、祇園囃子が聞こえる通りを歩けば、彼は迷惑にならない程度に

人々の浴衣を観察し、

「さっきの千鳥柄は、純和風って感じでいいですね。年代問わず着られそうです」

とか、

「あの人の浴衣は、明らかに他の人の生地と違いましたね。絞りの浴衣……ですよね？　当たり？　よかった！」

と今いる世界を楽しみつつ、明日香に訊きつつ、自分の審美眼を確かに養っていた。

明日香と出会う前の彼は、こうではなかったはずだ。

和装の事など何も知らない人だったというのは、入社直後に礼装の事が分からなかったという点からも、確かである。

しかし明日香と出会い、美三輝（みさき）に就職してから約三ヶ月半。

泰彦は、いつの間にか唐織（からおり）の重厚さに感心し、色打掛（いろうちかけ）をお客さんに提案し、つい今しがた、谷村（たにむら）さんに浴衣の事を、自分なりに語れるようになっていた。

それだけでも明日香は嬉しいのに、泰彦は、日頃のお礼と、自分を美三輝に紹介してくれたお礼と称して、明日香につまみ細工のヘアクリップをプレゼントしてくれたのである。

好きな男性からプレゼントを貰うのはもちろん嬉しいが、明日香はそれ以上に、彼が美三輝に就職して貸衣装や和装の世界に入った事を全く後悔していない事、それどころか、きっかけを作った明日香に感謝さえしている事が、何よりも嬉しかった。

泰彦は、和装に興味を持ち、好きになってくれつつある。

仕事のためというのもあるだろうが、興味が興味を呼んで、理解と感性を深めてくれている。

うちはようやく、探していた人に、出会えたかもしれへん。

谷村麻里（まり）と別れて再び宵山を楽しむ間、明日香はずっとそう考えては、泰彦の横顔を眺めていた。

「ん？　何ですか常務。俺の顔に、何かついてます？」

「何でもなーい。お婿さんの顔を見てただけ！」

「はいはい、そうですか」

いつものようにお婿さん発言をすると、いつものように、泰彦からは仕方ねえなというような笑みが返って来て、肩をすくめる。

それでも、彼自身は嫌がっていない。

泰彦が運命の人でありますようにと、明日香は人知れず願うのだった。

明日香がこの世に生まれた時、既に「お衣裳　美三輝」は存在していた。

今のオーナー、すなわち明日香の祖母・弓場加津代（ゆばかつよ）が社長だった。

そもそも、美三輝はホテル経営者の次女である加津代が、ホテル内で貸衣装屋を始めたのが最初である。

そこから独立して、堀川丸太町（ほりかわまるたまち）に一つの貸衣装屋として立派に店を構えていたのが、明日香が生まれた当時。そして現在の美三輝だった。

曾祖父が経営していたホテル自体は、時代の波を受けて撤退したが、美三輝だけは、加津代の手腕に人柄、そして彼女の目が選び出した確かな衣装達が京都人の顧客を沢山掴み、しっかりと生き残っていた。

美しさが三世代先も輝くように、という意味の社名を体現するかのように、本人・子供・孫という三世代の、人生儀礼の衣装を整えるお店として、

「美三輝さん、今度のお宮参りのお衣装、頼んますわ。僕の紋付きもよろしゅう」

「社長、また借りに来たえ。今度は従妹の結婚式やねん。ええ、そやのよー。やっとあの子、お見合いまとまってん。一族総出で万歳やわ」

と家族のように頼られ、着実に地盤を固めていた。

加津代の夫は既に亡くなっていたので、その時右腕となっていたのが、彼女の娘。つまり、明日香と兄壮馬（そうま）の母親・百合子（ゆりこ）だった。

順当にいけば、やがては百合子が社長となり、明日香達の父親でもある百合子の夫が副社長として、美三輝は娘夫婦に受け継がれてゆくはずだった。

ところが、明日香が二歳の時に父親が事故死し、その後、百合子と加津代が手を取り合って明日香達を育てていたが、やがて百合子も、明日香が小学生の間に病死してしまった。美三輝自体は、加津代が健在なために揺らぐ事はなかったが、それでも跡継ぎを一時的に失った悲しみはあり、そしてかえって、長男の壮馬も奮い立つものがあったらしい。

当時大学生だった壮馬と加津代の、

「ばあちゃん。俺、ばあちゃんの後継ぐわ。大学を出た後は、一旦ブライダル会社に就職して、力を付けて、美三輝に戻ってくる。そんでええやろ。それまで、ちゃんと持ちこたえといてや」

「頼もしい事言うてくれるやん。期待してるえ。頼んだえ。まぁあんたに言われんでも、私はしっかり美三輝を守っていくけどな」

と、互いに決意を固める雄姿を、傍で見ていた明日香は今でも思い出す時がある。

この時、明日香もいつかは美三輝に入社する、ましてや兄を助けるという話は全く出ず、明日香本人は着物と近しい生活を送りながらも、普通の学校生活を送っていた。

今にして思えば、まだ十一歳だった明日香を、壮馬も加津代も「妹は」「孫娘は」と庇(かば)って守りたい気持ちがあったと見え、それゆえに、二人だけで美三輝の将来設計を進めていたのではあるまいか。

そんな兄の心、祖母の心を理解して、明日香は二人の庇護(ひご)を素直に受けて成長し、私学の高等部へと進学した。

　部活動の代わりに、亡き母に言われて習い始めたお琴を続けつつも、休日は友達と四条へ遊びに行き、居酒屋などでアルバイトして、社会の一端を知る。

　そういった思春期の中、芽生えては消える数多い興味の中で明日香の心に最後に残ったものは、結局血筋というべきなのか、家業から来る和装、あるいは婚礼衣装だった。

　元々、家が家なだけに明日香は幼い頃から和装と近しい生活を送っており、習い事のお琴に加えて、亡き百合子に連れられて美三輝へ何回も顔を出している。

　まだ小学生になったばかりの明日香を、当時の加津代をはじめ従業員は誰も邪険にせず、皆歓迎してくれた。仕事の合間に相手をしてくれたのを、明日香は今でも覚えている。

「明日ちゃん、この振袖どうえ？　綺麗な友禅やろ。こっちのは紅型や。紅型って分かるか？　沖縄の古い染め方え」

「明日香ちゃん。百合子さんはお仕事やから、こっちにおいで！　返却された鼈甲の簪、ちょっと見てみる？　明日香ちゃん、前に簪好きやって言うてたやん」

　といった具合に、商品である豪華な着物や、飾っておきたくなるような見事な小物を見せてもらっていた。

（めっちゃ綺麗……！　何度見ても飽きひんし、こっちのんは、うちが欲しいぐらい）

　さぞかし、明日香は目移りしていたに違いない。

柔らかな絹の上に広がる、緻密で鮮やかな紋様たち。

金銀の糸が眩しく、その間に織られた四季の花が可愛い袋帯。

簪、帯留め、筥迫などといった小物は、掌ぐらいの大きさなのに、細部まで凝っている。

それらは全部、『職人』という人の手で作り出された物である。

もちろん、機械に頼る事もあるだろうが、手描き友禅や本綴といった技法は機械ではどうにもならぬ事があり、織りと染めはまだまだ、長い歴史を経ての、人の手による奇跡だった。

それを、明日香は子供ながらに実感しては、感動していた。

それを纏う人は特別だと思ったし、花嫁をはじめとした、人生儀礼に臨む人達の幸福さを思った。自分も成人式の日に着るであろう振袖、さらにいつかの、婚礼衣装を着る日を夢見ていた。

これらの経験が、明日香の興味や感性、目を創る重要な土壌だったに違いない。

他の同年代の小学生達が、漫画やゲームに夢中になっている頃、明日香はというと、もちろん漫画やゲームは好きでも、社内の色打掛や振袖、カラードレス、ウェディングドレス等を眺める事も、主な遊びの一つだった。

そんな少女時代が、潜在的に明日香と衣装の世界を密接にし、高校生の時に結実した。

高校生になった明日香は、自分で小紋ぐらいは着付けられる程の、立派な和装好きとなったのである。

この時、加津代は社長として相変わらず元気に美三輝を切り回しており、兄の壮馬も、別のブライダル会社で働いて順調に力をつけていた。

会社の将来自体はそういう風に安泰だったから、この時の明日香はまだ、和装や婚礼衣装が好きでも、将来はどうこうとまでは考えていなかった。

具体的に言うと、優秀な祖母と有望な兄がいる家業は自分を火急に必要としていないので、自分のこの「和装好き、お衣装好き」は、自分の趣味に留めておいてもいいと、明日香は考えていたのである。

しかし、そんな明日香にも、転機が訪れた。自分の趣味の同志の少なさを実感し、寂しい思いをした事で、その考えが変わったのである。

受験を控えた高校三年生の頃、勉強の息抜きと称して友達五人と宵山へ遊びに行く事になり、明日香の提案で、全員が浴衣を着る事になった。

自分達でショッピングモールで選んで購入した、安価でも可愛い模様の浴衣。友達四人も、皆気に入っていた。

それぞれ、母親や祖母、美容師などに着付けてもらって四条烏丸（からすま）に集合すると、自分を含めた色鮮やかな浴衣の五人組に、明日香は満足したものだった。

そこから、浴衣や夏の着物で溢れる四条を歩き、山鉾や懸装品も見てみたいと期待に胸膨らませていた明日香だったが、そう考えていたのは明日香一人だったらしい。

友達は、浴衣やお祭の雰囲気を一時的に喜びこそすれ、宵山の人の多さもあってか、次第に飽きてしまっていた。

四条の屋台で粉物を買い、お腹を膨らませた後は、四条から新京極に入り、プリクラで浴衣の記念撮影をし、そのまま新京極を遊び歩くだけで解散となったのである。

明日香だけが、山鉾を見に行こうとは言い出しにくく、結局、明日香もそのまま門限まで友達に付き合い、一度も四条に戻る事なく帰宅した。

各山鉾町を歩いて懸装品を眺めるどころか、その時の明日香が見られたものは、四条烏丸から見える遠くの函谷鉾や月鉾、新京極に入る道すがらで見上げただけの長刀鉾。それだけだった。

それが、明日香にとっては少し寂しく、残念な事だったのである。

明日香とて、友達と新京極を歩くのも、プリクラを撮るのも楽しかった。それ自体に文句はなかったが、

（せっかくの宵山……。あの大きな山鉾や、中に飾ってあるっていう昔の織物を、色々見たかったなぁ）

という思いと、そもそもせっかく浴衣を着ているのだから、浴衣で和の文化を楽しみたいという寂しさが、いつまでも明日香の心に残ったのである。

この日以降、明日香は和装について思う事が多くなり、やがて、一つの考えを持ち始めた。

（京都でさえも、和装や和の文化に興味を持ってへん人が沢山いはる。よう耳にする、呉服業界が厳しいいうんも、この事がきっと無関係ではないはずや。ううん……そうちゃう。和装の魅力がきっと、まだまだ、伝わり切ってへんのや）

ぼんやり思っていたものが次第に固まり、やがて行き着いたのが、

「ほんならうちが、和装の良さを伝えたい。お兄ちゃんと一緒に美三輝を継いで、和装と日本文化の良さを広めたい！」

という、明確な将来の夢だった。

この進路を兄や祖母に告げた時、二人はもちろん反対しなかった。

むしろ加津代などは、

「明日ちゃんまで、そんなん言うてくれるなんて。私は何て幸せもんなんやろ」

と涙ぐみ、壮馬と一緒に大学へは行くよう伝えたが、明日香が卒業して美三輝に来るのを、今か今かと待っていた。

こうして、兄と同じく立命館大学を出た明日香は美三輝に就職し、既に、ブライダル会社から凱旋のごとく帰還していた壮馬は、加津代と入れ替わる形で社長となった。

加津代は、オーナーという自由な立場となって、兄妹二人の補助に専念する。

入社してしばらくの間、明日香は壮馬から厳しく躾けられる平社員生活を送ったが、和装の事を一から学び直し、松崎さんをはじめとしたベテラン社員から現場の事も教わった結果、壮馬と加津代に認められて、今の立場である常務となった。

明日香の人生の充実度は、今、目一杯に膨らんでいる。

大学時代に一度、自分の価値観が打ちのめされるような、思い出したくもない失恋を経験した以外は順調で、そんな明日香が次第に欲していたものは、

（うちと一緒にお衣装を楽しんで、一緒に仕事を頑張ってくれる人が、いたらええのに）

という、心の同志だった。

加津代や壮馬、一緒に美三輝で働いてくれる従業員達が違うという訳ではなかったが、加津代や壮馬は深い絆の家族であっても、仕事上はあくまで立派な上司。

従業員達は、明日香自身は皆を先輩として敬愛していても、あくまで仕事上では部下である。

加えて全員が、明日香より結構な年上。

どうしても、薄皮一枚程度の何かが、そこにあった。

（ちゃうねん、そうとちゃうねん！　その薄皮を破ってくれる、対等な人が欲しいねん。あの美しい和装、婚礼衣装、それらを纏う機会ある日本文化を一緒に感じて、一緒にはしゃいで、それをうちと一緒に、お客さんに伝えてくれる人……！）

簡単に言えば、明日香には同期という者がおらず、生涯と思える天職には就く事が出来ても、手を取り合って肩を並べ、一緒に感動しながら貸衣装屋として働く人には、出会えていなかったのである。

それは、ともすれば運命の恋を探すのに似ており、普段から結婚式に触れる職業柄、

「うちのもとにもきっと、ええ人が訪れるやろか」

と、今更ながらに少女のような願望を抱き、それを探し求めていた。

不満ではないが、恋焦がれる日々。

そんな中。

「傷つくのはあの子なんだぞ。心も体もだ。お前みたいな奴に、恋愛する資格はねえ！」

出張先の山梨（やまなし）で、明日香は一目惚れをした。

自分を犯罪から守ってくれたという、一時的な力強さが要因である事は否定できない。

しかしそれ以上に決定的だったのは、彼が相手へ発した言葉が、犯罪を責めるというよりも、自分の心身を気遣っている事だった。

おそらく彼は無意識だったろう。だとすれば尚更、

（優しい人）

と、明日香は思った。そこにまず、明日香はときめいていた。

翌日、再び居酒屋で出会った「矢口泰彦」という人は、大柄な見た目に反して、あの時の発言の通り、心穏やかで優しい人だった。

明日香が京都から来たと話すと、彼は修学旅行で一度切りと言いつつも、その京都の事を未だに覚えてくれており、瓦屋根の京町家がずらりと並んでいる風景を見ては、気分が上がったと話してくれた。

京都のそんな風景を気に入ったという事は、日本の文化、ひいては和装などにも、興味を持ってくれるのではあるまいか。

もし、彼が和装やお衣装に興味を持って、美三輝で働いてくれたら……。

そんな願望をふと抱いたが、自分の妄想を押し付ける訳にもいかず、せめて今の嬉しさだけは言葉に乗せようと、

「またいつでも、京都に来てくださいね」

とだけ言って、微笑んだ。

直後、運よく彼が転職活動中だと知り、思わず美三輝に誘おうとしたが、山梨から京都となると距離的に遠く、すぐに決断出来る話でもない。

それに、助けられた側に話を持ち出されると、向こうも断り辛いはず。そう考えた明日香はまた、

「矢口さんやったら、すぐに決まります。こんなに良い人なんやもん。良い人は絶対幸せになるって、うちのお祖母ちゃんもよう言うてます」

とだけで、結局何も言えなかった。

その後、彼と一緒に山梨市駅の改札を通り、向こうから、

「それじゃあ、元気でな」

と言われて背を向けられる。

その後ろ姿を見た瞬間、明日香は急に胸が切なくなった。

このまま自分もさよならと言えば、連絡先を交換していない彼とはこれきりである。仕事で一期一会には慣れているはずなのに、彼と別れたくなかった。

それは一目惚れしていたのも大きいが、何より、将来和装を好きになってくれるかもしれない人を、再び縁遠い世界に、帰したくなかったのである。

その感情の源流は在りし日の宵山で、あの時友達を誘っておけばという後悔が、今そのまま、自分の背中を押すものとなっていた。

（もう、寂しいと思たらあかん！　うちが自ら動いて、引き寄せなあかん！　会社に誘うだけやったら他の人みたいに部下になってまうし、対等になってもらうには……！）

思い立ったら一直線。あとは勢いだった。明日香はキャリーバッグを置いて駆け出し、彼の服を引っ張っていた。

「あの……もし良かったら、京都に来ませんか。というか、うちの会社に来て？　というか将来、うちのお婿さんになってくれへん⁉」

　この人と、恋をしたい。この人と一緒に、和装に恋をしたい。

　名実ともに、明日香のプロポーズだった。

　結果、彼はかなり驚いていたものの、明日香の提案を受け入れてくれた。

　離さないとばかりに言い出した婿の件も、承諾はしなかったものの、一旦は明日香に対しての敬語を取って、

「本当に俺の事、好きなのか」

　と真面目に訊いてくれて、

「うん」

　と、明日香は心の底から答えた。

「――昨日、相手の男に叫んでた言葉、凄く嬉しかった。うちの心も体も守ってくれて、ありがとう。矢口さんやったら、お客様の人生に寄り添える素敵な貸衣装屋さんになれると思う」

　明日香が誠心誠意伝えると、彼の頬がほんのり赤くなる。そこに上下関係はなく、明日香と泰彦の間には、薄皮一枚もなかった。

その半月後、泰彦は兄である社長の面接を経て、無事に美三輝へと入社した。

明日香をはじめとした、社員たちに挨拶する泰彦は何だか緊張気味で。このままでは壁が出来ると思った明日香はその後、

「この人、うちのお婿さん！」

と宣言して泰彦の手を握り、冗談交じりで社員中に触れ回った。

読み通り、手を引かれた泰彦は「はいぃ⁉」と目を白黒させて否定し、

「違うんです皆さん！　決して、常務に手を出したという訳ではなく……！　何でこの場で言うんだ堂々と⁉　線引きするんじゃなかったのか⁉」

と突っ込む様を、周りは漫才のように思ったらしい。

元々、祖母や兄は元より、他の社員も明日香の明るい性格は知っており、明日香に対して物怖じしない泰彦を見た周りはもちろん、泰彦本人も、明日香を常務としつつも、どこか同期のように接するようになった。

今の明日香と泰彦は、上下関係はありつつも、絶妙な対等関係を結べている。

泰彦が目上の自分にヘアクリップを買ってくれたのも、本人は意識しておらずとも、明日香を同期、あるいは一人の女性として見ているからだろう。

明日香はより一層泰彦の事が好きになり、今、浴衣は着ておらずとも、宵山を歩いて懸

装品を見たかったという願いは叶っている。

神様仏様。ほんまにありがとうございます。どうかこのまま、泰彦と一緒に美三輝をやらしてください。

ほんでいつか、うちと泰彦とで婚礼衣装を着て、結婚したい……。

「常務、またぼーっとしてますよ。今度は何ですか」
「何でもない。これからの事を考えてただけ」
「結婚ですか？　そのネタはもう突っ込まねえぞ」
「ぶぶーっ。今回はちゃいますぅー！　――美三輝の事や、和装業界のこれからの事を考えてました！」

明日香がそう言った途端、泰彦は「おっ」と興味を持つ。祇園囃子がどこからか聞こえる中、すれ違った浴衣の男性を目で追っては、楽しそうに腕を組んだ。
「プロっぽくていいですね、それ。俺も交ぜてくださいよ。業界の今とか、常務の意見を聞いてみたいです。まぁ、俺は新人なんで、聞く事しか出来ないですけど」

「そんな事ないで。泰彦かって、もう立派な業界の人間やもん。沢山考えて、沢山意見を言うたらええの！　――何やったら今度の八月、みやこめっせで展示会があんねん。各メーカーが出す、婚礼衣装の新作の。それに、泰彦も行く？　っていうか、どのみち社長が誘うと思う」

「えっ、そんなのあるんですか。それに俺が？　本当ですか？　やったー！　ぜひ行ってみたいです」

　喜ぶ泰彦を前に、明日香は誇らしくなって胸を張る。

　これでまた一歩、泰彦が和装の世界に入ってくれると感じたからだ。

　宵山の中にいると、和装のプロ意識も上がるらしい。彼は祇園祭のパンフレットを広げて指を差しては、自ら明日香を誘い始めた。

「常務。俺、この芦刈山（あしかりやま）に行きたいんですけど、いいですか。ここの御神体の装束が、桃山（ももやま）時代で最古のものらしいんですよ。桃山時代っていうと、織田信長（おだのぶなが）とか、豊臣秀吉（とよとみひでよし）の時代でしたっけ？　駄目だなぁ。歴史も勉強しねえと……」

「長い人生やし、これから勉強してったらええのよ。おばあちゃんも、いつもそう言うてる」

「ありがとうございます。じゃ、行きましょうか」

　奥深い和装の世界に、明日香は泰彦と共に入っていく。

少しでも彼の力となれるよう頑張ろうと決意し、まずは兄に展示会の話を伝えねばと、明日香は顔を上げた。

泰彦と展示会と、明日香

自分がこんなに、「お衣装」に興味を持つとは思わなかった。

その日、泰彦はいつものように返却されたお衣装を各所に片付けた後、店のディスプレイに展示されている振袖を見て、そう思った。

振袖は、成人式向けの華やかなもので、手描きの京友禅。

隣には純白のウェディングドレスも置かれていて、これはイタリアのシルクだと教えてもらった。

見ただけで分かる、柔らかそうな手触りと優しい光沢。それが、眺めている泰彦の目にもしっかり届いていた。

振袖に巻かれているのは、金の糸が眩しい礼装用の袋帯。西陣で制作されたものなので、「西陣織」である。

京友禅や西陣織は分業制で作るから、完成には何人もの人が携わっている。隣のウェディングドレスにも、トレーンと呼ばれる裾部分に花の刺繍があって、遥か彼方の、イタリアの職人によるものだという。

どれも、一朝一夕で出来るものではない。人生の節目に相応しい質である。

もし、お客様が振袖やドレスを借りに来たのなら。本人の意向が最優先なのはもちろんとして、そういう魅力を伝えて薦めればいい。

泰彦は、脳裏で明日香や松崎さん、社長などがお客様に試着を薦める様子を参考にしながら、自分なりにシミュレーションしていた。

今までの泰彦であれば、ここまで考えなかっただろう。婚礼衣装を見ても、「鮮やかだなぁ」「綺麗だな」ぐらいにしか、思わなかったに違いない。

制作技法や材質の事など考えなかったし、そもそも知らなかった。

三月に明日香に誘われて、四月に入社。九月になった今、わずか半年で、泰彦はここまで変わったのである。

その要因は、仕事のために本などで勉強したのはもちろんだが、美三輝や飛翔で衣装を借りに来たお客様に接し、明日香に宵山へ連れて行ってもらい、その翌月の八月、社長に連れられて展示会へ行った事が大きいだろう。

特に、宵山で二つとない懸装品や浴衣を沢山見た事と、展示会で社長と一緒に新作のお衣装を目にし、自分の意見を述べた経験は、未だ強烈な刺激として泰彦の心に残っている。

これが今、泰彦の貸衣装屋としての何かをぐんと目覚めさせており、ひいては、泰彦の人生を少しずつ変えていた。

（あの展示会、本当に凄かったなぁ）

八月に行った展示会というのは、宵山で明日香が提案してくれたもので、その名の通り、婚礼衣装が展示されるイベントの事である。

衣装製作の各メーカーが新作を発表し、一堂に展示されているそれを、美三輝のような貸衣装会社や百貨店、呉服店、ホテルなどの各社バイヤーが品定めして、購入の可否を決めるのだった。

美三輝の仕入れは、主に自社提携の職人によるオリジナルが大半だったが、それでもやはり、定期的に展示会へは足を運ぶ。

良いものがあるかどうかのチェックと、業界の流行りをチェックするためだった。

つまり展示会は、衣装業界における商品の仕入れの場、商売の土台を作る大事な機会という訳だった。婚礼の繁忙期のサイクルに合わせて、主に年二回、二月と八月に行われるらしい。

宵山でそれを教えてくれた明日香は、後日本当に、社長に泰彦も連れて行くよう進言してくれた。

八月のはじめ、彼女の兄で、現在の美三輝の社長である弓場壮馬（ゆばそうま）が作業室に元気よく入って来て、挨拶もそこそこに、泰彦の肩にぱしんと手を置いたのである。

「皆お疲れー。――矢口（やぐち）君！　展示会行こか！　来週にあんねん。みやこめっせで。いい経験になると思うし、一緒に行こうや」

テノール歌手のような声を堂々と発し、まるで友人を遊びに誘うかのように言う。

彼から渡された、京都婚礼衣裳卸会の案内を読みながら、泰彦はつい戸惑ったものだった。

「俺なんかが、いいんですか？　まだ新人ですよ」

「新人もベテランも関係ない。うちの社員は、一回は行くもんやねん」

社長はおろか、松崎さんも笑顔で展示会行きを勧め、

「行っておいでー。私も何回か、社長やオーナーと行った事あるけど、いい刺激になんで」

と言われれば、後は「行きます」と、泰彦も尻尾を振るように頷いていた。

何だか、自分の仕事がステップアップした気がして嬉しい。

嬉々として社長と一緒にスケジュール調整をしているその時に感じたのが、明日香の優しい、幸せそうな笑み。

泰彦が明日香に小さく頭を下げると、彼女が「いってらっしゃい！」と笑顔でガッツポーズしてくれたのを、泰彦はその後も一枚の絵画のように、ずっと覚えていた。

京都婚礼衣裳卸会の案内によれば、展示会の大規模なものは京都市勧業館「みやこめっ

せ」で行われ、大手メーカーが主催の場合は、ホテルを借り切って行う事もあるらしい。

壮馬と共に岡崎（おかざき）、そしてみやこめっせを訪れた泰彦は、近代的でも文化の雰囲気漂うみやこめっせの外観はもちろん、岡崎という地域が持つ、芸術的な雰囲気の町並みに圧倒された。

そしてその後、みやこめっせに入って実際の展示会場を目の当たりにすると、さらに圧倒され、泰彦は「えー」と小さな声を出したきり、入り口で立ちっぱなしだった。

広い会場を埋め尽くすかのように、衣桁（いこう）に掛けられて極彩色に広がる振袖、色打掛（いろうちかけ）、白打掛。

ドレスのブースに行けば、トルソーに着せた色鮮やかなカラードレスや純白のウェディングドレスが、虹や雲のように並んでいる。

見た瞬間、美の極みが集まっていると、直感出来る光景だった。

事実、婚礼衣装なだけに、材質も、施されている技法も、さらに言えば価格も、日常生活ではまず見ない格式と数字である。

会場に入った泰彦が、社長について行きながらふらふらとそれらを眺める間、各社のバイヤーは真剣な表情で担当者と話し合い、購入の検討や注文を進めていた。

泰彦の隣にいる壮馬も、時たま、展示されているお衣装の製造元を確かめては、メーカーの担当者を呼んで詳細を聞いている。

泰彦に接する際は親しみやすい笑顔でも、この時ばかりは役者のような男らしい顔つきとなり、納期や価格など、深いところを余す事なく確認していた。

そこで泰彦はようやく、ここが美術鑑賞として贅沢な場所であっても、同時に、商売の場所でもある、と気がついた。

というよりは、それが本来である。

社長の壮馬はもちろん、泰彦以外のバイヤーは、会場に入った瞬間から各々の審美眼で新作を見比べ、自社の傾向や展望、さらに言えば業界の今後を考えつつ、仕入れの可否を考えていたのである。

呆けて眺めていたのは自分だけだと、泰彦は急に恥ずかしくなった。

しかし壮馬から、

「矢口君。自分も一緒に考えてくれ」

と言われた時には、自分も仕事を任されたという高揚感が心の中で芽生え、新人なりに、ぐっとやる気が出たものだった。

壮馬と一緒に検討したのは、とある振袖と、とあるカラードレスの二着。壮馬は自分の意見を言う前に泰彦を促し、

「そうですね……」

と泰彦も、目の前のお衣装が美三輝の商品となって大丈夫かどうかを、自分なりに一生

懸命考えた。

この時泰彦は、内心のサンプルとして明日香がそれらを着た姿を想像し、

「振袖は、悪くないと思います。ただ、もう少し大人っぽい方が……？　女性は、着物を着ると一気に大人っぽくなって印象も変わるじゃないですか。だからこういう可愛い柄でも、地色はもう少し落ち着きのあった方が、美三輝に来られるお客さんの層には合うんじゃないですかね。カラードレスも、スパンコールの無いもっとシンプルな方が、俺はいいんじゃないかと思います」

と拙いながらも言葉を紡ぎ、自分の意見を伝えてみた。

すぐに、生意気だったかもと後悔して頭を掻く。が、壮馬は満足そうに頷いては、腕を組んでいた。

「せやな。俺もそう思てたわ。このカラードレスもええとは思うけど、うちとしてはまぁ、どっちも今回は見送りやな。和装の方は、うちとこで組んでる若いフレッシュの、ええ職人さんもいはるしな。他の、探してみよか」

二人の意見が一致し、再び、別のお衣装の展示へと移動する。

その後、別のカラードレスを一着仕入れる事に決まったが、それを決めたのは壮馬で間違いないにしても、彼は自分の意見を言う前に必ず、

「矢口君、どうや」

と訊いて、泰彦も率直な意見を述べていた。

泰彦の意見が食い違っていても、壮馬はそのドレスの仕入れを決めていたかもしれない。けれど、彼の決断の内に、わずかでも自分の意見が加味されたかと思えば、その事自体が、泰彦にとっては大きな達成感だった。

これは、明日香に連れて行ってもらった宵山での鑑賞や感動とは別の、京都の商人とも言える、一貸衣装屋としての達成感と感動である。

懸装品や浴衣を見て培った泰彦の感性が、今ここで、展示会という商売の場で求められて初めて開花し、活きたのである。

純粋に、泰彦はそれが嬉しかった。自分もプロフェッショナルになった気がして、今の自分の姿を、家族に見せたいぐらいに誇らしかった。

以前の職場にいた時はおろか、小中高の学生時代だって、そんな事は一度も思わなかった。


美三輝へ帰ると、作業室では返却されたお衣装の箱が所狭しと積まれており、片付け作業に没頭する松崎さんを、明日香が手伝っていた。

それでも、彼女は泰彦が部屋へ入るなり、

「お帰り泰彦。どうやった？」

と、優しい笑みで訊いて来る。

泰彦は、展示会の内容を報告しつつ自分が圧倒された事も正直に話し、京都の商売、その舞台裏に初めて触れた興奮と、社長に意見を言えた楽しさを伝えた。

明日香は、返却されたお衣装に抜けがないかをしっかり確認しつつも、時折、ちゃんと泰彦を見てはうんうんと頷き、じっと聞く。

松崎さんも、腰紐のアイロン掛けが一段落すると、

「ああいう豪華なお衣装のバイヤーって、ドラマや漫画に出てくるイメージあるやん？私も、初めて行った時は自分なんかが居てええんやろかって、緊張したわ」

と、自分の時を思い出しては、くすくすと微笑んでいた。

「常務も、展示会に行った事あるんですよね？」

当たり前だろうと思いつつ泰彦が訊くと、明日香は顔を上げて、

「前の、二月の時も行ってたで。お兄ちゃ……社長と、これ買う買わへんで喧嘩したわ」

と、悪戯っぽく笑った。

「何で揉めたんですか？」

「友禅の訪問着。泰彦も知ってるやろ、例の琳派のやつ。社長がノリノリで『これ行こう！』って言うから、うちが『高いし派手やし、どこで誰が着んのこんなん』って止めて

ん。けど結局、それは今や美三輝の看板商品。社長の目が正しかったわ」

「あぁ、あれですか」

泰彦は、社員研修で見せてもらった一枚の訪問着を思い出した。

美三輝が貸し出している訪問着は、若い人向けから年配向けまで幅広い色味や柄があるも、その一枚は特に強烈で、泰彦も「うぉっ」とその派手さに驚いたものだった。

しかし、今にして思えば派手でもケバケバしさはなく、むしろ型破りの上品さにすら思える。

言い換えれば、一度見たら忘れられないあの訪問着を、仕入れようと決断した壮馬の審美眼と実力に、泰彦は感心するばかりだった。

その事や展示会についてもっと話したかったが、作業室では返却されたお衣装の片付けが溜まっており、喋る時間はもうない。

泰彦は最後、展示会行きの橋渡しをしてくれた明日香に感謝を込めて、

「俺、今回展示会に行って、もっとやる気が出ましたよ。常務、ありがとうございます」

と噛みしめるようにお礼を言った。

明日香はてっきり、いつものように「さすがうちのお婿さん！」ぐらいは言うかと思ったが、予想外にも顔を上げて数秒泰彦を見つめ、そんな冗談が安っぽく感じる程の慈愛に満ちた目で、

「そう言うてくれて良かった」

と微笑んで、泰彦ににっこり笑いかけた。

泰彦は彼女の愛らしさに不覚にもドキッとし、何気なく言おうと思っていた、お衣装の仕入れに関して明日香をモデルにしていた事を、どうしてか言えなくなっていた。


泰彦の頭は八月から九月の今に戻り、はっと我に返っては、腕時計を見る。

「やべ、ぼうっとしすぎた」

気づいて踵を返し、ディスプレイから離れて螺旋階段を上がり、作業室へと急ぐ。

その間、

(俺も、いつか社長ぐらいの実力に、なってみてぇな)

と男としての夢を見つつ、同時にあの訪問着を誰かに薦めてみたいと、泰彦は何となく思っていた。

あの「例の訪問着」は、京都の、どういう場面で着るのが一番だろうか。

既に何回も薦めて、貸し出しに成功している社長は、何と言ってお客様に薦めているのだろうかと考える。

友禅の訪問着という礼装だから、正式な場である。結婚式やお呼ばれのパーティ、何かの発表会などが相応しいだろう。

（俺がいつか、そういうお客様の担当になったら、薦めてみようか。いや待てよ、その人の好みもあるから、カウンセリングをちゃんとして……）

それはあくまでシミュレーションで、実際に薦める日は遠いだろうと思っていた泰彦だったが、意外にもそれは早くに訪れた。

第三話　京友禅と名月管絃祭

その日、作業室に入って来た明日香に声をかけられ、泰彦は顔を上げた。

「お疲れ様です、常務」

「お疲れ、泰彦！　作業中で悪いんやけど、このリスト、今から彩加さんにファックスしてくれへん？　うち、今から外へ出て、お衣装を届けに行くねんか。そこで着付けのお手伝いもしんならんくて……」

彩加とは、室町通りと御池通りの交差点、「室町御池」を南に下がったところにある、京友禅の工房である。年季の入った男性職人が主を務め、数人の弟子が働いているという。

明日香が口にした「リスト」というのは、美三輝が主催する婚活パーティーの参加者達、その名簿だった。

泰彦は、リストを受け取って委細承知し、

「了解です。今やってるお衣装の片付けが終わったら、送っておきます。最終的に、何人の参加になったんですか」

と訊くと、明日香が嬉しそうに答えた。

「男性も女性も、十二人ずつ！　合計二十四人やったら、会場の町家にも入るやんね。彩加さんとこ、町家としては大きいから……。上手い事、人数が合うてよかったわ。めっちゃ楽しみー！」

相変わらず、花が咲いたかのような笑みである。

泰彦と違い、明日香はこの会社の常務。婚活パーティーの係員は既に何回も経験しており、場慣れもしているはずだった。

しかし、周りに共感しやすく、何事も楽しむ彼女のこと。今回も、係員として働く側でも、開催を心待ちにしているらしい。

彼女の上機嫌さを感じた泰彦は、微笑ましい気持ちで明日香を癒しに思いつつ、顔を上げた。

作業室のホワイトボードの隅には、婚活パーティーのチラシが貼ってある。

泰彦自身、「パーティー」という非日常に触れるのは初めてで、明日香同様、実は秘かに楽しみだった。

秋になると、京都ではイベントが多くなる。

重陽の節句から始まり、やがては紅葉真っ盛り。都の雰囲気は、終日、絵画的な美しさをたたえる。気温も、夏に比べて、ずっと涼しく快適だった。

つまりは、絶好の観光シーズンである。清水寺や永観堂といった紅葉の名所はテレビで飽きる程紹介され、京都にやって来る観光客が多くなると、

「あぁ、秋が来たなぁ」

と、地元の人は季節の移り目を実感するという。

そんな時期なので、各名所はもとより、宿泊施設や飲食店、果ては秋の京都を着物で歩かんとして、和装体験処も繁盛する。

小さな町家から、みやこめっせといった場所に至るまで、食欲の秋、芸術の秋と銘打たれ、大小様々な文化イベントが行われるのだった。

来週に控えた泰彦達の婚活パーティーも、そういったものの一つである。

美三輝では、本店と飛翔での貸衣装業だけでなく、イベントの主催や共催にも力を入れている。定期的に行う婚活パーティーはその中心であり、泰彦も今回初めて、係員として運営に携わっていた。

美三輝の婚活パーティーは、単に食事やトークタイムがあるだけでなく、彩加と提携し、摺込友禅の体験を取り入れている。

彩加は、室町通りに面する離れ付きの小さな京町家と、造り酒屋だった大きな京町家の

二軒を改装しており、片方の小さい町家と中庭の離れを、自分達の職場や京友禅の体験工房に使っていた。

もう片方の造り酒屋の方を、土間が広いことから、イベントスペースとして他社に提供しているのである。

そこで、美三輝が参加者を募って受付を担当し、食事を手配し、場を盛り上げるためのクイズ大会や景品なども準備して、婚活パーティーを運営するのだった。

係員を命じられた際、ちょうど友禅の勉強中だった泰彦は、むしろ体験の方に興味を持った。

「俺、係員じゃなくて参加者になって、友禅染の体験をしてみたいですね」

これを聞いた明日香がオーバーに反応し、

「うちがいるのに婚活⁉」

「はいはい、俺は婚活には興味はありませんよー。体験の方にですよー」

と、泰彦はもう慣れたように、彼女を軽くあしらったものだった。

こういったイベントは、全て、社長である壮馬（そうま）が先頭に立ってプロデュースしている。

美三輝の主軸の事業ではないにせよ、未来を育てる大切なものと位置付けられ、明日香や松崎（まつざき）さん等はもちろん、ほぼ社員総出で手分けして行うのだった。

壮馬いわく、

「実際、ブライダル業界も和装業界も、昔と違って、今は積極的に動かなあかんしな。こっちが情報をどんどん発信して、国内外から興味を持ってもらわなあかん。胡座(あぐら)かいてたら潰れるで」

との事で、壮馬は、本来の仕事である貸衣装の傍(かたわ)ら、他社と組んで和装のファッションショーを開催したり、若手職人の展覧会を主催したりと、京都を奔走していた。

その伝手(つて)から、本業である貸衣装の顧客が増える事も多い。それを明日香から聞いた泰彦は、壮馬のバイタリティに感心し、一社員として憧れていた。

そういう背景を踏まえて考えると、体験付きの婚活パーティーというのは、京都の和装の発信と、結婚の増加の両方が可能である。

まさに、美三輝ならではのイベントだった。

そんな独創的なイベントを持つ美三輝と、その土壌が育っている京都に、今の泰彦は心惹かれつつある。それを、泰彦ははっきり自覚していた。

泰彦が彩加にファックスし終えて作業室に戻ると、明日香は、返却された着物を松崎さんと一緒に片付けていた。

まだルンルン気分なのか、小さく鼻歌を歌っている。

「今回は、何組のカップルが出来るんかなぁ。うち、毎回、お料理のお運びさんをしたり、クイズの解答用紙を配ったりしながら、ついチラチラ見てしまうねん」

「確かに、婚活パーティーで実際何組ぐらい成立するのか、ちょっと気になりますね。前回はどうだったんですか?」

「えーっと……、あっ、秘密にしとこ! 当日のお楽しみって事で!」

「えー、何ですかそれ! 俺にも教えてくださいよ」

「もう、しゃあないなぁ? 前は三組やったよ。一番少ない時でも、二組は成立してたわ。そやし、何だかんだ言うて、絶対に誰かと誰かは成立するみたい。パーティーの規模や参加者にもよるやろうけど」

「なるほど。確かに、誰かと出会いたいと思う人達が集まる訳ですもんね。そっか、大抵は成立するもんなんだなぁ。……ところで、常務も配膳係なんですか? てっきり、司会をやるもんだと思ってました。声が可愛いから」

何気ない、正直な褒め言葉だった。言った本人の泰彦でさえも、聞き流してしまいそうだった。

しかし明日香はすぐ、

「いやぁ、もう。泰彦はお世辞上手いんやから」

と言って泰彦の言葉を拾い上げ、笑って手を振る。よく見れば、頬がほんのり赤くなっており、心底嬉しそうだった。

恋する乙女みたいな顔、と思った時。泰彦は、ふと改めて気がついた。

（そうだ。常務、いや明日香は……、俺の事が好きなんだよな……？　俺の事を待っていて、普段は冗談めかしているだけで。本気、なんだよな。すっかり忘れてた……）

いつの間にか、泰彦は片付け作業の手を止めていた。本人に気づかれないよう明日香の顔を見ているうちに、松崎さんから呼ばれ、慌てて我に返る。

一方の明日香は、既に先の話題に戻っており、「うーん」と指を唇に当てていた。

お陰で、泰彦は仕事中に深く考えずに済む。そういう軽やかさが、明日香の有難いところだった。

「司会なあ。うちも、しいひん事もないんやけど……、それは、人手が足りひんくなった時かな。司会は基本、安ヶ峰（やすがみね）さんの仕事やから」

「ああ、あの人ですか。それなら納得です」

安ヶ峰さんとは、美三輝の女性社員の一人である。社長の補佐や衣装の運搬、着付けなどを担当しているベテラン社員だった。

ベテランと言えば松崎さんも負けてはいないが、安ヶ峰さんの場合、彼女の年齢が還暦をとうに超えている。オーナーが、昔のホテルで美三輝をやっていた時代からの社員だそうで、年季の入り方が違っていた。

きりりとした顔に、アナウンサーみたいな声の良さ。それは泰彦も、社員研修の時から知っていた。

ゆえに、今回のようなイベントの場合、ほとんど彼女が司会を担うという。

「泰彦も、あの人の司会を聞いたら、絶対びっくりすんで。プロ顔負けやもん。……でも、泰彦も結構な美声やんね？　今度、やってみたら？」

「いきなりなんて無理ですって」

今日も、泰彦と明日香は、いつも通り二人で笑い合っていた。

あくまで上司と部下としてだったが、その中に、互いに、確かな何かが芽生えつつあった。


婚活パーティー当日。泰彦と明日香は設営のために数時間早く彩加へ赴き、綺麗に掃き清められている小さな町家の門口に立って、引き戸を引いた。

「お世話になってますー。美三輝ですー」

明日香が一歩だけ玄関に入り、高めの声で、語尾を伸ばして奥に呼び掛ける。

すると、

「はいはいー。ちょっと待っとくれやっしゃ」

という、老年と思われる男性の声がした。

普段からそうなのか、昔ながらの京言葉に淀みがない。泰彦は何となく、ドラマに出てくるような、白髪の職人を想像した。

奥から出て来たのは、まさしく、想像通りの人だった。

明日香よりも背が低く、白髪で、皺が多くて細身。けれども、鋭ささえ感じる目つきだけは頼り甲斐がありそうな、優しいお爺さんである。

「あ、おおきにどうも。お世話になってます。今日はよろしゅうたのんます。美三輝さんに何もかんも任せてもうて、いつもすんまへんなぁ。加津代ちゃん……、今は、オーナーやったんかいな。にも、よろしゅう言うといて」

丁寧に腰を折る彩加の主・安ヶ峰拓郎は、京友禅の職人である。話を聞くと、この道五十年以上だった。

女性社員の安ヶ峰さんと苗字が同じなのは偶然ではなく、彼が安ヶ峰さんの夫。つまり、二人は夫婦である。

美三輝の中では、区別をつけるために彼の事は「ご主人」、あるいは「先生」と呼んでいた。

「常務さん、どうどすか。うちの嫁はんは。ちゃんと仕事してますか。家ではもう、わしの事を猫か何かや思うて、全然構ってくれへんのですわ。適当も適当や」

「大丈夫ですよ！　社員だけじゃなしに、常連のお客さんも皆、安ヶ峰さんを信頼したはります。ああいうサッパリしてる方ですし、夫婦生活の相談をするお客さんも、結構いはるんですよ？　うちは、そんなん出来ないですし、ほんま憧れです」

「あいつに聞いてどないすんねん。ロクな答え返ってこおへん」

「そーんな事ないですよ！」

明日香と先生はにこやかに会話し、笑い合っている。先生が、ズボンのポケットに入れていたボトルコーヒーを一口飲んで蓋を閉めた時、泰彦と先生の目が合った。

「あんたは？　新人さんか」

「はい。申し遅れました。今年の四月から美三輝で働いてます、矢口(やぐち)といいます」

泰彦が頭を下げて挨拶すると、先生は「はぁーん！」と鼻から声を出す。興味深そうに泰彦の体格を見て、微笑んだ。

「また、えっらいごっつい体しとるな？　いやいや、別に変な意味とちゃうねんで。やっぱほれ、貸衣装屋さんとなると、着付けせんならんから、女性の店員さんばっかりにならはるでしょ。そん中に、こんなええお兄ちゃんいはるさかい、常務さんのボディーガードかなぁ思たわ」

その途端、明日香が入ってくる。

「この人はボディーガードじゃないですよ！　うちの」

「違います」

「まだ何も言うてへんやん」

先回りして泰彦がかぶせると、明日香が口を尖らせる。

先生は既に、妻である安ヶ峰さんから聞いているのか、泰彦達の関係を知っているらしい。実際に目にして、陽気にハハハと笑っていた。

「よう分かったわ。ま、仲良うおやり。——ちょっとわし、せんならん仕事あっさかい、悪いけど先に準備しといてくれへんか。空いてる机とか椅子やったら、好きなように使ってええさかい。一仕事済まして、後で合流しますわ」

先生は手を振って家の中へと入っていき、泰彦と明日香は、一旦外に出る。

小さい町家の横には細い路地があり、これが、町家の後方にある中庭や、離れの体験工房へと繋がっていた。

泰彦達は、路地の入り口付近に受付の場所を作り、その石畳を清掃し、工房へ誘導する張り紙を貼る。

その後、壮馬をはじめ、他の社員の到着を待った。


美三輝の婚活パーティーには、「古都和婚絵巻（ことわこんえまき）」というブランド名がついており、その名前が、婚活パーティーのテーマになっている。

最終目標を京都での和装婚に設定し、婚活パーティーを、その第一歩とする。

出会いの段階から、参加者達に和の文化に触れてもらい、京都の文化と男女の出会いの両方を広めようというのが、「古都和婚絵巻」の狙いだった。

壮馬が発案者であるこの企画は好評を博しており、良い出会いが良い恋愛に繋がるのか、結婚に至ったカップルも多いという。

そのカップル達のほとんどは、古都和婚絵巻の狙い通り、白無垢や引き振袖、色打掛と紋付き袴といった和装での挙式、あるいは披露宴を希望した。

出会いをプロデュースした美三輝にお衣装を頼むのはもちろん、過去の例でいうと、引き振袖はほとんどが京友禅で、彩加の安ヶ峰先生に、手描き友禅の注文をした新婦もいるという。

これは、現代の京都における和装イベントの成功例として、壮馬は何度も注目され、雑誌や新聞社から取材を受けたという。

和装を広めるという事が、やはり、美三輝だけでなく、京都全体の重要な課題の一つだと泰彦は思った。

壮馬達も彩加に到着し、準備が整って受付開始時間となる。

ぽつぽつと、参加者達が町家に集まり始め、やがて、一人の女性を除いた全員の参加が確認された。

泰彦と明日香は、やって来た参加者達に笑顔で挨拶し、氏名を書いてもらい、参加料を受け取った後、一人一人を路地から離れへと案内した。

まずは、離れの工房で友禅体験である。明日香がこっそり教えてくれた話によると、これを目的に来ている人も、毎回何人かいるらしい。

指導するのは、安ヶ峰先生とお弟子さん。その補佐に、美三輝の社員である安ヶ峰さんや松崎さんがついていた。パーティーのためにお洒落をしてきた参加者達は、染料で衣服を汚さないよう、工房が貸し出す割烹着を着ていた。

その間、泰彦や明日香は、受付に座って参加料の確認や整理を行う。壮馬や他の社員は、隣の町家で食事や酒の準備など、向こうとこちらを行ったり来たりで忙しかった。

パーティーの参加者達が体験するのは、白地のブックカバーに着色を施し、図柄を完成させる簡単な友禅である。

正確には、刷毛を使って型紙の上から摺り込む「摺込友禅」で、友禅の中にも種類がある事を、泰彦は今回初めて知った。

泰彦は、椅子に座ったまま背中を倒して首を伸ばし、路地の向こうの、離れの中を覗こうとした。

しかし、友禅体験は奥の部屋で行われている。つまり、首を伸ばした程度では見えないのである。泰彦は少し残念に思い、隣の町家へ行った明日香を待った。

気を取り直して、京友禅とは、と、頭の中で復習してみる。すると、横から誰かの手が伸びて、「わっ」と驚かされた。

顔を上げると、壮馬がさも面白いといった表情で立っている。その隣には、兄の悪戯に呆れる明日香もいた。

「お、お疲れ様っす社長！　びっくりして、椅子から落ちそうでしたよ」

「すまん、すまん！　矢口君、ほんまええ反応するし、つい何かしたくなんねん。――自分も、係員として向こうに行って、ちょっと体験を見て来るか？　隣の食事の準備は、あとは搬入を待つだけで一段落してるし、受付は俺が見とくから」

「いいんですか」

「構へん、構へん。明日香も行ったってくれ」

「はーい、了解です！」

「ありがとうございます。じゃあ、お言葉に甘えて……」

どうやら壮馬は、泰彦が離れの方に首を伸ばし、残念がっていたのを見ていたらしい。

泰彦は立ち上がり、手招きする明日香を追って路地を抜けた。

通常の京町家は、走り庭という土間の台所が細長く、それに沿うような形で店の間、だいどこ、奥の間という畳の部屋が、三部屋ほど並ぶ二階建てである。

そんな「うなぎの寝床」と呼ばれる母屋の先に、中庭や蔵があるというのが、一般的な京町家の構造だった。

彩加の工房は、ほぼ完全な仕事場として、この一般的な町家を改装している。そのため、走り庭を抜けた先に中庭はあっても、蔵の代わりに、新しい平屋が建てられていた。

この平屋に、京友禅の小物の売店、先生や弟子の作業場、体験教室用の部屋がある。体験教室用の部屋には、昔の漫画家の部屋を思わせるような、沢山の机が置かれていた。

今、泰彦と明日香が体験教室の部屋に入ってみると、幾つもの机が向かい合って並んでいる。

そこに座っている婚活パーティーの参加者達が、じっと机に屈んで白地のブックカバーに向き合い、摺込友禅に取り組んでいた。

（おぉ、すげえ。一人一人が、何だか職人みたいだな）

ブックカバーの上に、絵の一部分が穴となっている型紙を置き、針で刺して固定する。型紙の絵は、鳳凰、手毬、紅葉、祇園を思わせる灯篭や舞妓等があり、それぞれ穴の位置が違う約十枚で、一セットとなっていた。

参加者達は、好きな型紙を選んで一セットの中の一枚を抜き出し、丁寧に固定していた。

その後、刷毛に染料を取り、掠れるくらいまで紙に伸ばして、刷毛に染料を染み込ませる。その刷毛を、型紙の穴へ円を描くようにして摺り込む事で、ブックカバーに色が挿されるのだった。

型紙を取れば、穴の形の通りに染まっている。各机から型紙をめくる音がしたかと思えば、あちこちで感嘆の声が上がっていた。

そこまでが、一周である。後は、穴の場所が違う型紙に変えて同じ作業を繰り返せば、ブックカバーに少しずつ違う色、違う形が挿されてゆく。やがて、まるで色とりどりのパズルが合わさるように、摺込友禅の絵が完成されるのだった。

摺り込みの回数や強弱によって、濃淡やぼかしが生まれ、使う色も自由。参加者達は、好きな色の染料を刷毛に取り、それをくるくると回すように使って生地に色を挿し、世界に一つだけの友禅作りに没頭していた。

あくまで体験なので、指導する安ヶ峰先生も、お弟子さん達も、優しく参加者達を手助けしている。そのため、教室の雰囲気は和気藹々(わきあいあい)としていた。

泰彦や明日香、安ヶ峰さんや松崎さんが使用済みの型紙を片付ける傍ら、参加者達は時折、型紙を外して出来を確かめている。

その内の一人、若い男性が、

「あっ、ちゃんと文様(もんよう)になってる。綺麗」

と喜んでいた。

その人が満足そうに覗き込んでいるブックカバーには、三十分前には全くの白地だったろうそこに、七色の見事な鳳凰と紅葉が染められている。

机の後ろから、たまたま目に入った泰彦は思わず口にし、

「それ、いいですね。普通に欲しいです」

と褒めると、リップサービスでないそれが向こうにも伝わったのか、男性は照れ臭そうに喜んでくれた。

同時に、友禅の楽しさにも目覚めたらしい。もう一つ、瓦屋根の寺の図案を加えようかと考え始め、先生を呼んで熱心に相談していた。

元々、参加者達は全員、この婚活パーティーの趣旨や内容を見て申し込んでいる。それだけに、泰彦が褒めた男性以外も、全員が友禅にのめり込んでいた。

中でも、ハンドメイドが趣味だと隣の男性に話していた女性は、終始目をキラキラさせて刷毛を動かしており、見ているこちらまで楽しい気分になる。

そんな彼女の様子を時折、隣の男性がこっそり見ていたというのは、本人と運営側だけの秘密である。

（おぉ。早速、出会いが……）

泰彦も秘かに、婚活イベントの早々の手応えを感じ、秘かに喜んでいた。

（友禅って聞くと、今までは、物凄く高価な着物のイメージがあったけど……、友禅っていうのは作風や技法の話で、それさえ一致すれば、ブックカバーも友禅って言えるんだよ

な。意外に身近だよな。そういう体験が手軽に出来るっていうのも、京都の凄いところなんだなあ……)

友禅とは、染織技法の一種であり、その発祥は江戸時代の半ば、元禄時代である。

当時の京の人気扇絵師・宮崎友禅斎の扇絵を、小袖の文様に応用したのが始まりだった。

筆で絵の具を塗るようにして色を挿し、絵画的で、華麗な色彩に染められた小袖は、瞬く間に流行したという。友禅斎の名前がそのまま冠されて、「友禅染」というものが確立された。

技法で言えば、文様の輪郭線に細く糊を置き、隣り合う染料が混ざらないようにする事が特徴である。この技法のお陰で、繊細で曲線の多い模様を、正確に染め上げる事が可能だった。

元々、小袖や振袖の文様を指して「友禅染」と呼ばれていたが、時が経つにつれて、この技法を友禅と言うようにもなったらしい。

やがて、型紙を用いて大量に染められる「型友禅」なるものが出現し、そこから更に、今、婚活パーティーの参加者達が体験している「摺込友禅」というものも現れたのだった。

現在は主に、京友禅、加賀友禅、東京友禅の三つが知られており、制作過程や作風に、それぞれ地域の違いがあるという。

大まかに言えば、京友禅は宮中を思わせる典雅な作風で、加賀友禅は、自然味溢れる武家文化を思わせる。東京友禅は、シックな仕上がりに江戸っ子が好むような「粋」が特徴である。

また、制作過程にも違いがあり、京友禅は、複数の職人による分業制。反対に加賀友禅は、一人の職人が下絵から完成までの全てを担う、といった事も知られている。

（……と、ここまでは、俺も暗唱出来るようになったな。じゃあ、どれが京友禅で、どれが加賀友禅かって聞かれると……、自信がねえな。加賀友禅は一人で全部作るから、その作家さんのサインっつうか、落款があるのが決定的な違い……で、いいんだよな？　常務や社長だったら、落款どころか、柄の違いだけで分かるのかな）

体験の雑務をしながら泰彦は復習し、友禅についてあれこれ考えていると、明日香と目が合う。仕事の合間に、友禅の見分け方について訊いてみた。

「作った場所が分かれば、そこで何友禅かは分かるけど……。その前情報が分からへん状態で、並べて何友禅って区別するんは、案外難しいかもしれへんなぁ。

基本は、作風の違いで見て、東京友禅は糸目糊にこだわらはる、っていうんもあるけど……、素人さんが見はった場合は、インクジェットのプリントも多いから、余計に混乱するかもしれへんね。まぁ、インクジェットは凹凸がないから、手描きとはすぐに見分けがつくと思うけど。

手描き同士の場合、結局、産地が分からへんのやったら、落款の有無とか、作風の違いで見分けるしかないと思う」

「その作風っていうのは、どうやって見分ければいいんですか。どの本を読んでも、ネットで調べても、京友禅は公家好みとか、加賀友禅は武家風ぐらいしか書いてなくて……。俺、実はまだ、花模様ならどれも同じに見えちまうんです」

泰彦が訊くと、明日香は悪戯っぽい笑みをたたえて、人差し指を自分の目元に当てた。

「目、やね。つまり慣れ。職人さんが、丹精込めて作らはる芸術品やもの。同じ花模様でも十人十色。作った場所が分からへんお着物やったら、本の解説だけで区別するんは、ちょっと難しいかもしれへんね。皆同じに見えるっていう泰彦の気持ちも、うち分かるえ。でもな……、お着物を沢山見てたら、あ、これは写実的でお侍さんが好きそうやし、加賀友禅かな、とか、これはちょっとデザイン化されててお公家さんが好みそうやし、京友禅やなとか、そういうのが自然と分かるようになるねん。それが、慣れ。和装の目。うちのおばあちゃんなんか、そんなん一発やで」

これを聞いた泰彦は、心地よく、頭をかんと打たれた気がした。

こんなにも本やネットが溢れている世界なのに、自分の目と感性を頼りにする世界が、日本にはまだ存在している。

よくよく考えてみれば、八月の展示会で購入の可否を決めていた時だって、使っていたのは己の目と意見だった。

人の手が作る和装の世界は、まだまだ教科書では収まらない世界。そしてそれを売ったり、貸し出す人にも、目と感性が必要なのである。

純粋に、泰彦はやる気が出た。体験という一端でも、和装文化の現場をよく見てみようと近くの参加者のブックカバーを眺めて、染め上がってゆく「友禅」を肌で感じていた。


各々が友禅のブックカバーを完成させ、京都の伝統文化を楽しんだ後、参加者達は隣の町家へと移動した。

泰彦達も、体験の片付けを安ヶ峰先生やお弟子さん達に任せて、係員の仕事をするべく移動する。外へ出てみると、いつの間にか夜だった。

昼はまだ暑さの残る気温も、日が沈めば、ぐっと下がって今は涼しい。月夜にふんわり照らされた暖簾(のれん)をくぐると、既に壮馬達の手配した軽食やお酒が、町家の土間に並んでいた。

京都の町家は、縦長の狭い構造が基本だが、ここは造り酒屋だった関係で少し特殊である。母屋だけでなく、土間の幅も、通常より何倍も広かった。

土間の奥に酒蔵があり、それらを全て覆うかのように、巨大な梁(はり)が頭上を通り、一枚の屋根があって、大きな町家となっているのだった。

この土間に、縦長のテーブルを並べてビュッフェ形式にすれば、素朴さの中に華やかさのある和風の、立派なパーティー会場となる。会場へ入った参加者達は、一目見るなり歴史ある雰囲気に感動していた。

料理は、七条（しちじょう）通りにあるハイアットリージェンシーの洋食。日本酒や地ビール、リキユールは、伏見（ふしみ）の酒蔵「キンシ正宗（まさむね）」から注文したものである。

どちらも、京都では名が通っており、その味は評判だという。参加者達も皆、料理の外見や瓶のラベルで気づいたらしい。そわそわとテーブルを覗き込み、乾杯はまだかと待っていた。

泰彦と明日香は、参加者達にウェルカムドリンクを配り、中庭へ案内もした。井戸から湧き出ている水の冷たさに触れてもらったり、紙コップで軟水の味を楽しんでもらう。壮馬のガイドで、町家の奥に保存されている酒蔵の見学も催されており、これもなかなかの好評ぶりだった。

やがて、社長である壮馬の挨拶や、安ヶ峰さんの司会があり、片付けを終えて合流した安ヶ峰先生の音頭で乾杯となる。

最初は緊張気味だった参加者たちも、お酒や食事に舌鼓を打って、次第に気持ちもほぐれたらしい。一人、また一人と会話が弾み、大人数のグループから、徐々に男女一組ずつに分かれていった。

誘い合って二人で酒蔵を眺めたり、中庭の暗がりでゆっくりと会話を交わすなど、確かな出会いが芽生えている。

それを、係員として泰彦と明日香は眺め、

「何か、いいですね」

「うん」

と、自分達も何となく穏やかな雰囲気になっていると、町家の入り口から、慌ただしい女性の声がした。

「すみません、遅くなりました！　このパーティーに申し込んだ足立（あだち）です」

聞き覚えのある声だな、と、泰彦は思った。入り口へ向かい、綺麗なジャケットにパンツ姿のその人を見た瞬間、泰彦は目を丸くした。

「ひょっとして、足立？」

尋ねてみると、向こうも泰彦を覚えていたらしい。泰彦の高校の同級生・足立遥（はるか）も、結った髪とピアスをちらりと揺らし、信じられないというように口をあんぐり開けていた。

「はい、そうです、足立遥です……。って、矢口君だよね!?　そうだよね？　えっ、嘘ー!?　何でここにいるの!?」

「俺、ここの会社に転職したんだよ。まだ新人だけど」

驚く遥に、泰彦は笑って手を振った。

クラスメイトだった頃と、あまり変わっていない。泰彦はこの瞬間だけ、甲府に帰ったような気分だった。

「参加者リストにあった『アダチハルカ』って、お前の事だったんだな。リストの名前は片仮名だから、俺、単に同姓同名だと思ってたわ」

「まぁ、苗字も名前も、よくあるやつだしね。とはいえ、普通気づくでしょ？　ほんと天然だね。昔とあんまり変わってない。……そっかー。矢口君、京都にいたんだね。私、大学からずっと東京にいたから、全然知らなかった。言ってくれたらよかったのに」

「連絡先も知らないのに出来る訳ねえじゃん。つか、高校以来、全く会ってなかったろ」

「そうだけどさ。でも、矢口君だって私の番号は知ってるはずだよー？　いつだったか、学園祭の時にクラス全員の番号交換したじゃん？　私、その時から番号は変えてないもん。お互いに残ってるはずだよ」

「まじで？　じゃあ、また確認しとくわ」

「うん、しといてー」

懐かしさのあまり、泰彦はついつい、遥との会話に浸ってしまう。

しかし、今の泰彦は仕事中である。それを思い出した泰彦はひとまず、同級生との再会を後回しにした。

「パーティー、もう始まってるぞ。今ならまだ間に合うだろうから、行ってこいよ」

「うん。ありがとう！　じゃあね」

遥も泰彦に手を振り、会場の中へと入ってゆく。泰彦はそれを遠くから眺め、無事、遥がグラスと軽食を皿に取り、男性に声をかけられたのを見届けた。

するとと横から誰かの気配がした。

「……だと、思ってましたよ」

案の定、明日香である。彼女はぷうーと両頬を膨らませて、遥に嫉妬していた。

「泰彦！　あの人誰ー⁉　めっちゃ綺麗な人やった！　うちというもんがありながら……！」

「ただの同級生ですよ、高校の」

「再会で始まる恋ってベタやん！　今は何もなくても、後日ひょっとしたら……⁉」

「いや、俺は運営側ですし……。あいつに相手が出来るとしたら、きっと、男性の参加者ですよ。って、聞いてます？　常務？　じょーむー？」

「いやぁ、どうしょー⁉　うち、お婿さん愛しさで、嫉妬に身を焼かれるかもしれん！　ついでに泰彦も焼いてまう！　どうしよう泰彦⁉」

「怖えなおい」

気づけば壮馬も入り口に来ており、明日香の嫉妬ぶりを面白がっている。

泰彦は目を細めながら明日香を指さし、彼に問うた。

「……社長。この人、頭大丈夫ですか？」

「ほっとけほっとけ。仕事に支障出えへんかったら別にええわ。ジュースでも飲ましとけ」

明日香を子供扱いする壮馬に、泰彦もつい爆笑してしまう。明日香は、「何やの二人とも一！」と怒っていたが、彼女もまた笑顔だった。

パーティーは、トークタイムにクイズ大会と滞りなく進み、最終的に、三組のカップルが誕生した。

その内の一組が、遥と、桜井さんという名の男性である。桜井さんはほっそりした体つきで、聡明そうな人だった。彼と両想いになれたからか、遥は嬉しそうである。

泰彦も同級生のよしみで、彼女に相手が出来た事にほっとしていた。

成立したカップル達には、美三輝から贈り物がある。再来週に行われる下鴨神社の名月管絃祭、そのお茶席のペア券だった。

これは、壮馬か松崎さんのどちらかが手配したものだろうか。泰彦は今の今まで知らなかった。安ヶ峰さんからペア券を受け取った遥は、珍しそうに券を眺めて桜井さんに渡し、二人で見に行こうと予定を調整し合っている。

「私、こういうの行きたいと思ってたんです！　凄く楽しみです！」

そう、桜井さんに話している遥を見ていた泰彦はふと、

（あれ？　あいつ、そんなに和風とか京都が好きだったっけ……？）

と、不思議に思った。

泰彦の記憶が正しければ、高校当時の遥は、髪こそ校則によって染めていなかったが、友達と一緒にお洒落を楽しみ、大学は東京に行くと言っていたはずだった。

（実際さっき、大学からずっと東京って、言ってたもんな？）

もし、遥が今も東京に住んで働いているとなると、この婚活パーティーのために、わざわざ京都まで来た事になる。

どうしてだろうと思い、時が経てば好みも変わるのだろうと考える間に、パーティーは壮馬の挨拶で締め括られ、お開きとなった。

泰彦達は、参加者達のお見送りをするために、再び忙しくなる。遥は、化粧室でメイクを直したので会場からの退出が遅れ、待っていた桜井さんと合流した。

その二人が、最後に退出する参加者だった。冗談交じりとはいえ、あれほど遥に嫉妬していた明日香は、今は仕事と感情をきっちり分けている。

明日香は遥と桜井さんに頭を下げ、参加の感謝を伝えた後、

「下鴨さんの管絃祭、ぜひ行ってみてくださいね！」

と熱心に勧めていた。遥と桜井さんも、良い時間を過ごせたお礼を明日香に言い、

「またご縁があったら、よろしくお願いします」

と頭を下げて、町家を後にした。

遥と桜井さんが、暗い室町通りを並んで歩いてゆく。泰彦は町家から往来に出て、二人の背中を見送っていた。

もう彼女と会う事はないだろうが、それでも、地元から遠く離れたこの場所で、同級生に会えた事が嬉しい。

仕事終わりに番号だけでも確認してみるか、と泰彦が思いながら、町家の中へ入ろうとした時である。遥が小走りでこちらへ引き返し、泰彦に小さなメモ用紙を突き出した。

「矢口君、これ！　うちらが中心になってる高校のグループＩＤ！　結構、皆参加してるから、矢口君も入りなよ！」

トークアプリのＩＤが書かれた、可愛い千代紙である。泰彦は驚いたものの、懐かしさもあって素直に受け取った。

「ありがとう。家に帰ったら、入っとくわ」

「うん。そうしてー。でね、それとね矢口君……」

急に、遥の語尾が小さくなる。やがて、ぱっとした笑顔で、泰彦に伝えた。

「矢口君、何だか凄くカッコよくなったね！　私、高校の時、結構好きだったよ！」

「は？」

泰彦が呆気に取られている間に、遥は素早く泰彦の両手を握って握手し、

「じゃあねー！」

と再び背を向ける。

彼女はどんどん遠ざかり、やがて桜井さんに追いつき、二人は御池通りを東に曲がって見えなくなった。

長年を経た、既に過去となっているものの、遥からの立派な「告白」である。

それにようやく気づいた時、泰彦は軽い衝撃を受け、顔が茹でだこのように熱くなった。

（結構好きって何だよ、結構って……？　え、あいつ、俺の事が好きだったのか？　高校の頃、どこを？　いつから？　だから、結構って何だよ……!?）

詳しく聞きたかったが、もう遥はいない。ドキドキしている心を抑えたく、泰彦は片手で頭をがしがしと掻いた。

少しだけ落ち着いた後、手で暖簾を押し、町家へと戻る。中では明日香が立っており、鈴を張ったような目でこちらを見つめていた。

泰彦は直感で、明日香が、今の一部始終を見ていたと気づく。

（あ、今度もまた、何か言うかもしれないな）

泰彦は身構えつつ、何だか内心ほっとしていた。

ところが。今回の明日香は、いつも通りの、でもよく見れば、何かを我慢しているような表情である。

「お疲れ様。さ、後片付けしよ！」

と、笑顔を見せるだけ。堂々と嫉妬していた最初と違い、何も言わなかった。

おそらく明日香は、今は茶化すべきではないとして、身を引いているのである。泰彦も、単なる再会だった前と、想いを告げられた今とでは状況が違うのだと気づき、明日香の心情を察した。

気づけばどういう訳か、慌てて取り繕っていた。

「あの、常務……。あれは別に、多分、向こうも軽い気持ちで言ったんだと思います。高校の時から、そういう奴でしたし。今だって、桜井さんの方が好きで、俺にはとりあえず伝えとこう、ぐらいの気持ちだったと思います。……俺、別に、足立の事は何とも思ってねえからな？　今でも、びっくりしてるだけだからな？　別に、嬉しいとかそういうのは……」

焦る泰彦に、明日香は「大丈夫、大丈夫」と笑って手を振っている。

「分かってるって。泰彦は気にしいやなぁ？　誰に何を言うかなんて、そんなん自由やん。うち、ほんまに何とも思ってへんし、気にしんといて？　っていうか、うちらは上司と部下なんやし……」

「いつもは、お婿さんって言ってるじゃないですか」

「ネタやん、そんなん」

「ネタ……ですか」

「そう。やから、足立さんが想いを告げるんはもちろん、泰彦自身も、嬉しいと思うのは自由やねんで？　そやし、ほんまに気にしんといて」

それは明らかに、泰彦も明日香も傷つく言葉だった。しかし明日香は、普段の「お婿さん」が恋の枷（かせ）とならないように、あえて言い切ったのである。

普段は、お婿さんだ何だのと口にしている明日香と、それを受け入れている泰彦。

しかし実際は、まだ恋人同士ですらない。

ゆえに、今の自分に、「本当に嫉妬する権利」がない事を、明日香は理解しているのだった。

今にして考えれば、明日香はいつも笑って「うちのお婿さん」と言ってはいるものの、性的に泰彦に触れた事はほとんどない。せいぜい、入社直後に、手を握られたぐらいだろうか。それだって、腕を引っ張られるような軽いものだった。

それが結婚を申し入れた側の、明日香なりの弁（わきま）えだと、泰彦は分かっていた。

けれども、それを丸ごと冗談だと言われれば、何だかショックである。

「じゃあ、今までの、俺の事を好きだとか、お婿さんだと言っていたのは、全部嘘だったんですか」

今までの二人を思い出しても、そんな訳ないと分かっていた。こんな事を言うのはよくないと思いつつも、つい明日香に詰め寄ってしまう。

　明日香は、そんな泰彦に対して、たしなめるように微笑み、首を横に振った。

「うちの中では、ネタじゃない。でも、今だけは、そういう事にしとこ？　せっかく足立さんが告白してくれたんやし、今のうちが変に絡んだら、ややこしくなる」

「やっぱり聞いてたんじゃねえか」

「うん。聞く気はなかってん。けど、耳に入ってしもて。ごめんな」

「それは、別にいいけども……。足立が俺に言った、好きだったたっていうのは過去の話だろ。別にそっちが嫉妬したって、それごと笑い話になるからいいじゃねえか」

「でも、足立さんが伝えてくれた想いは、ほんまなんやろ？　うち、それは茶化したくない。無理に笑い話にするんじゃなしに、泰彦の綺麗な思い出として、ちゃんと心の中に仕舞ってあげて」

「……優しいんだな」

「どうなんやろう？　お兄ちゃんは、うちの事を我儘（わがまま）っ子やーって、よう言うけど」

「我儘って、どんな要求をしたんですか」

「さぁ？　うち、覚えてへん！」

　泰彦と明日香はようやく笑い合えたが、やはり今一つ、わだかまりがある。

　予想外の告白に戸惑っている今、明日香の笑える嫉妬を見さえすれば心がすっきりすると思っていたし、事実、泰彦はそれを求めていた。

こんな時に限って何でそんなにしおらしいんだ、どうして嫉妬してくれないんだ、と、泰彦は心の中で思ってしまい、そんな自分勝手さが恨めしかった。

しかし、明日香に嫉妬する権利がないように、今の泰彦もまた、彼女にそこまで求める権利はない。そもそも、自分が明日香のプロポーズを受け入れて、結婚はまだしも交際を始めていれば、こんな事にはならなかったのである。

それを、仕事が一人前じゃないからと言って、今日まで保留にしてきた。

それが、全ての原因だった。

これから後片付けがあるから、今夜は難しくても、明日、彼女にきちんと自分の気持ちを話してみようか。そうすれば明日香も、変に気を遣わなくて済むかもしれない。

泰彦は悶々とした気持ちのまま、町家の奥へと入っていった。

婚活パーティーの翌日、出勤した泰彦がいつものように作業室に入ると、明日香の姿がない。壁に貼ってあるシフト表を見て、

（そうか。常務は今日、休みだったか）

と思い出した。

昨日の気まずさを払拭（ふっしょく）出来ないと分かり、泰彦はまた悶々としてしまう。

そのまま移動し、給湯スペースに寄って仕事の振り分けのメモを読んでみる。

今日の泰彦の主な仕事は、ご予約様の担当と書かれてあった。

仕事内容は、ご予約様のカウンセリングや試着であり、それ自体はいつもの仕事と変わらない。しかし問題は、今回の泰彦は補佐ではなく、自分一人で行うという事だった。

つまり、補佐ではなく、本当の意味での「担当」である。

泰彦はメモを食い入るように何度も読み直し、血相を変えて顔を上げた。

「ま、松崎さん！　これ、いいんですか⁉　俺、補佐ならともかく、自分だけが担当になったのは一度も……！」

しどろもどろになっている泰彦に対し、松崎さんは相変わらず呑気な声で、

「大丈夫やよー」

と、補正用のタオルの皺を伸ばしながら、返事した。

「だってそのご予約さん、常務やもん」

「へ？」

「せやし、常務がお客さんとして予約して、うちのお衣装を借りはんねん」

「借りるって、何を……？」

まさか結婚か、と、一瞬あり得ない事まで考えてしまう。そんな泰彦の心境を知ってか

知らずか、松崎さんは再び、「訪問着やでー」とのんびり返し、事情を説明してくれた。

「常務はな、毎年、下鴨神社のお祭で、お箏の演奏をしはるんよ。そのお衣装として、うちからお着物を借りはんねん」

　話を聞いて、泰彦は「ん？」と動きを止める。今、初めて聞く情報の内容に、少しだけ戸惑っていた。

「お祭ってもしかして、名月管絃祭ですか？」

「そう！　矢口君、知らんかったん？　この前、婚活パーティーの景品で招待券あったやろ？　あれ、常務の伝手やねん。あそこに常務が出演しはるし、お箏の先生を通して、常務がお茶席券を貰ってくれはんのよ。それを、婚活パーティーの贈り物にしてんねん。常務が貰ってくる券は、贈り物用だけじゃなしに沢山あるから、家族の社長とかオーナーはもちろん、安ヶ峰先生にも渡したはるんちゃうかな。――そっかぁ。私てっきり、矢口君には常務が言うてて、お茶席券も渡してると思ってた」

「初耳です。というか、それどころか……。常務、箏を習ってるんですか？　しかも神社で、人前で演奏出来るほどの実力者？」

「そうそう。確か常務って、小学校ぐらいから習ってるはずやし。お免状はないにしても、それぐらいは出来はんねんで？」

「知らなかった……」

明日香の新たな一面を聞いて、泰彦は呆然としてしまう。

松崎さんは話を仕事に戻し、泰彦を応援してくれた。

「まぁ、そういう訳で。常務が『うちを練習台として、泰彦に担当してもらう』って言うて、お客さんとして予約を入れはってん。矢口君をご指名やし、研修や思って頑張りやー」

「あ、はい。了解です……」

泰彦は、呆然としたまま頷く。

まずは松崎さんの手伝いをして、それからお茶の用意をしなければ、と、必死に予定を逆算していた。


予約していた通りのお昼過ぎ、明日香は美三輝に来店した。

仕事中はポニーテールにスーツだが、休日の今は、がらりと印象が変わっている。長い黒髪を綺麗に下ろし、ワンピースにカーディガンだった。

入り口に立つ私服姿の明日香を見て、泰彦は既視感を感じていた。確か、出会った時の明日香の服装も、今とよく似ている。私服だとワンピースが好きなのかもしれない。

不思議と、当時に戻った気分だった。

（あれから、もう半年か）

そんな過去を思い出し、連鎖的に昨日の気まずさも思い出し、泰彦は思わず体が硬くなる。

「あの、いらっしゃいませ。お待ちしておりました」

言葉も、緊張のせいか相当にぎこちない。頭の中で何度も練習していたはずなのに、と泰彦が早々に気落ちしていると、明日香が優しく声をかけた。

「こんなところで立ったままやと、お客さんは、どうしたらええか分からへんやろ？」

そのアドバイスに、泰彦はハッと我に返る。気を取り直して、二階へと続く半螺旋階段へ明日香を案内し、応接スペースのソファーに座らせ、お茶を出す。

一人で何とかこなせると、明日香が小さく指で輪を作ってくれた。

「ばっちり」

小声でそう言われた事が、嬉しかった。

その後、泰彦は明日香をあくまでお客様として接し、カウンセリングシートを渡して試着の準備を進めていた。

事前に松崎さんから聞いていた通り、明日香の求めるお衣装は、やはり訪問着である。

名月管絃祭という行事に相応しい芸術性があり、けれども、誇張しすぎない柄がいいと明日香は言う。

これが、案外難しかった。泰彦は明日香を連れて和室へと入り、収納棚から何枚もの訪問着を出して試着させては、明日香と一緒に悩んでいた。

「こちらの菊柄はいかがでしょうか」

「うーん……。綺麗やけど、多分、姉弟子さんが同じようなんを着はると思う。先生や姉弟子さんからは、『若いんやし、何か派手なんを着てみたら』って言われてて……。遠回しの嫌味じゃなしに、きっと、うちがどんなんを着るか、純粋に楽しみにしてるんちゃうかなぁ。そやし、正統派なんは先生や姉弟子さんに任せて、若手のうちは、遊び心のある柄で……って感じかな」

「なるほど……。じゃあ、いっそモダン柄にして、こちらのステンドグラス風とかは？」

「それは逆に、派手すぎて場所と合わへんわ。めっちゃ可愛いけど、会場は下鴨さんやしね」

「かしこまりました。少々お待ちください」

泰彦があれこれと訪問着を出し、鏡の前の明日香は、客として正直な気持ちを伝えていく。

一見、泰彦の仕事ぶりはとても円滑であり、明日香も、

「泰彦、もう一人でもいけるんちゃう？」

と何度も褒めてくれた。

しかし、それは相手が明日香だからこそ、上手く見えるのである。

冷静に泰彦だけを見ると、緊張のあまり着物の説明で噛んでしまったり、試着に必要な帯枕の場所を忘れてしまい、明日香にこっそり教えられてようやく出せるなど、結果は惨憺(さんたん)たるものだった。

明日香に試着させる時も、泰彦の手際が悪くて時間がかかり、途中、見かねた明日香が手伝った程である。

泰彦にとってこれほど恥ずかしい失敗はなく、入社半年の経験と自信など、あっという間に吹き飛んでしまった。

（こんなの、お客様が常務じゃなかったら、絶対にクレームものじゃねえか……）

何から何まで反省だらけ。穴があれば入りたい気持ちだった。

とはいえ、今の明日香はお客様である。逃げる訳にはいかない。

今の泰彦が何とか自分を保って試着を進められるのは、社会人としての僅かな矜持(きょうじ)と、結局のところ、明日香が傍にいるからだった。

「……だからこそ、踏み切れなかったんだよな」

ぽつりと呟いた泰彦の言葉に、試着していた明日香が振り向いた。

「何か言うた？」

「いえ、何も」

「嘘。何か、意味深な事言うてたやん。悩みがあるんやったら、うちに言うてや？」

「すみません、大丈夫です。お客様にご迷惑はかけられませんから」

泰彦が従業員としての態度を貫くと、その真面目さが、明日香にも伝わったらしい。

「確かにそうやんな。うちを前にしても崩さへんのは、感心、感心」

彼女は満足そうに頷いて、顔を再び鏡へ向けた。

そのまま、

「……最初は、誰かって緊張するもんやで。うちもそうやった。おばあちゃんに、『あんたは早口で、説明が自分勝手やねん』って、よう怒られてた。今もそう……、かも、しれへんなぁ？　そんなうちに比べたら、泰彦はほんまに花丸やで。説明がゆっくりで丁寧で、分かりやすいもん」

と、言ってくれた。

明日香の慰めに泰彦は余計に恥ずかしくなったが、同時に、長所を言われて救われた気がする。

「……ありがとうございます」

泰彦は素直にお礼を言い、そっと手で拳を作る。頑張ろうと奮い立った後は、再び明日香と柄について相談し合い、収納棚を開き、試着を進めていた。

そうしている内にいつの間にか、泰彦の心は緩んでいたらしい。

「常務」

「はあい？」

「俺、常務がお箏を習ってるなんて、全く知りませんでした。何で、言ってくれなかったんですか。あの婚活パーティーの時に」

悶々としていた事の一部を、明日香に正直に話す。

仕事中とは分かっていたが、今、この人にならば心の内を何でも話せると、泰彦は感じたからだった。

明日香もまた、泰彦の気持ちを受け止めて、正直に答えてくれた。

「だって、自分から『やってます』って言うの、自慢してるみたいで恥ずかしいやん。先生という訳でもないし。それで今まで、言うタイミングを逃してたてん。でも実は、昨日の婚活パーティーの後、泰彦に言おうと思ってたんやで。でも……」

「でも？」

急に、明日香が俯く。泰彦が横から顔を覗き込もうとすると、彼女はわずかに顔を逸らした。

「足立さんが、いはったから」

「あいつが？　それとお箏に何の関係が？」

「関係はないねん。ただ、その、対抗してるって、思われたくなかってんか」

「……足立に？　常務が？」

「うん」

明日香はごくわずかに、首を縦に振る。

とどのつまり、明日香は自分の習い事を泰彦に自慢して、自分をお高く見せるのが嫌だったらしい。

「泰彦と足立さんの仲が良くて、冗談とはいえ、うちがあんなに嫉妬してたから……。そんな後に、下鴨さんの管絃祭にうちも出ますって言うたら、何か、足立さんと張り合ってるように見えるやん」

「そう……ですか？　別に、俺は言われても何とも……」

「うん、泰彦はそう言うてくれると思ってた。けど、うちは、うち自身の心を知ってるから、自慢してでも泰彦の気を引きたい下心が見えて嫌やった。それを万一、泰彦に気づかれて、性格悪いって思われたくも、なかったし……」

明るく喋る普段とも、上司として接する時とも違う、しゅんとしたしおらしさ。

やはり明日香はあの時、自分なりに嫉妬を抑え込んでいたらしい。

そんな表情も出来るのか、と思うと、泰彦は胸がきゅんとした。

「……今更だろ、そんなの」

部下である立場を忘れて、泰彦は微笑む。明日香がそっと、顔を上げた。

「そっちも、案外気にしいなんだな。自慢して、下心丸出しで、足立に対抗すれば良かったじゃねえか。俺に向かって、『うち、お箏習ってねん！　凄いやろ⁉　むきー！』って嫉妬してな。むしろ俺は、そう来るんだと思ってた。言いたい事を我慢したような笑顔より、そういう顔の方がいいや。でなきゃ、調子狂っちまう。……俺は、お婿さんなんだろ？」

眉尻を下げて笑う泰彦に、明日香はぱっと笑顔を取り戻す。目にきらきらと光が差し、頬が喜びで赤くなっていた。

「今、泰彦、自分からお婿さんって言うてくれた？」

「言いましたよ。文句ありますか？」

「ない！　もう一回言うて！　うちのお婿さん！」

「今は仕事中ですので、お客様にそんな事は言えません」

「あー、はぐらかしたー⁉　なぁなぁ、自分からお婿さんって言うてくれたって事は、このまま、うちは花嫁衣裳を選んでもええって事で」

「訪問着をお探しでしたよね？　こちらの満月のお柄などは……」

「無視しんといてよー⁉　それ、さっきも試着したやん！」

気まずくなっても、再び笑い合える。今度はお互い、心からの笑みだった。

その後、二人で訪問着について話し合いながら、最終的に泰彦が選び出した着物は、

「やっぱり、それなん？」

「はい。実は最初から、要望を聞いて頭には浮かんでたんです」

と言って特別な収納棚から出した、京友禅の訪問着。

今年の二月、壮馬が明日香の反対を押し切って買ったという、「雷神に雲模様訪問着」だった。

江戸時代の画家である本阿弥光悦（ほんあみこうえつ）、尾形光琳（おがたこうりん）、俵屋宗達（たわらやそうたつ）ら『琳派（りんぱ）』と呼ばれる流派の代表格、国宝「風神雷神図屏風」の雷神のモチーフを、裾の中ほどに配したものだった。

本歌の金屏風を思わせる優しい卵色の生地に、上品な大きさで描かれた雷神。

加えて、肩、袖、裾全体に薄い雲模様があしらわれており、控えめな全体に雷神だけが存在感を示すという、芸術の秋にぴったりな一枚だった。

明日香は、広げられたその訪問着を見て、満足そうに溜息をつく。

「展示会でお兄ちゃん……、社長が一目惚れして買おうって言い出した時、うちも、派手やけどええなぁとは思っててん。けど、お衣装の商品として考えると、値段も高いし、これはほんまに、お客様喜ばはるやろか？　って、不安やった」

「その気持ち、俺もよく分かります。何せ、柄が柄ですからね。お着物に雷神なんて、俺も研修で初めて見た時はびっくりしました」

「でも、今では人気商品なんよね。雷神さん自体は派手やけど、大胆過ぎず、小さ過ぎず。

周りの模様が薄い雲だけやから、言葉通りの意味の、上品で、遊び心のあるお着物になってる」

「京友禅ですから、下絵から完成まで何人もの職人さんを経たんですよね。皆が、下品な奇抜さに見えないよう緻密に計算して、技術のあらん限りを尽くして作ったものが、目の前にあるこれなんですよね。友禅の勉強をして、俺も改めて、この訪問着の魅力を知れました。……だから俺は、これを薦めたいなって思ってたんです。でも、お客さんによって好みがありますし……。常務が他の無難な柄を選ぶなら、出さないでおこうと考えてました。反対に、常務がどれもしっくりこないと言ったら、思い切ってこれを薦めようと、決めてました」

「泰彦は、お客様の立場になって考えてくれてたんやね。……このお着物を、うちに？」

はい、と、泰彦は強く頷いた。

「弾けるような派手さと明るさなのに、ちゃんとした上品さや、高貴さがある。下鴨神社で、お筝を弾く常務にぴったりだと思います。風神雷神図は、半分素人の俺でも知ってる有名な絵です。芸術の秋という事で、そういう意味でも合うと思います。演奏に、花を添えられるといいのですが」

自分の言葉で、一生懸命に説明する。心のままに喋ったからか、一切噛まなかった。

明日香がぱっと微笑み、胸の前で、両手をきゅっと握った。

「ありがとう、泰彦！　泰彦にそう言われて、うちも、これを凄く気に入った。ほな、これを着て演奏するし……、来てな」

彼女は鞄から一枚の紙を出し、泰彦に手渡す。下鴨神社の、名月管絃祭のお茶席。その招待券だった。

お茶席券を渡したというのは、見に来てほしいという明日香の意思表示である。

「ありがとうございます。絶対に行きます。……正直に言うと、もっと早く欲しかったですね」

泰彦が照れつつも素直に言うと、明日香は頬を真っ赤にしながら、「えへへ」と笑う。

訪問着を決めた泰彦と明日香は、それに合う帯や小物を選び始めた。


下鴨神社の名月管絃祭とは、昭和三十八年から一般公開されている祭典の事で、平安時代以来の伝統を持っているという。

中秋の名月の日に神事を行い、古来から今に伝わる舞楽や、十二単（じゅうにひとえ）の平安貴族舞等が奉納される。

斎庭（ゆにわ）には有料の観月茶席も設けられており、お茶菓子とお茶を楽しみながら、名月を愛でる事が出来た。

奉納の舞台となる橋殿では、ススキの穂が飾られ、篝火が焚かれる。その夜の光景は平安王朝の再現のようで、大変優雅であるという。

奉納されるのは、雅楽や貴族舞の他に、尺八や筑前琵琶、そして箏曲の演奏等もある。

明日香の社中はこの箏曲を担っており、明日香も演奏者の一人として、師匠や姉弟子に交じって弾くのだった。

当日の仕事終わり。泰彦は、私服にジャケットを着て自転車に乗り、下鴨神社へと赴いた。

日はとうに沈んで暗く、冷えた天には、白くて綺麗な月がある。

今頃は、半休を取っていた明日香も着付けを済ませて髪を整え、下鴨神社にいるだろう。毎日仕事で会っているのというのに、ペダルを漕ぐ泰彦の足は、妙に浮き立っていた。

糺の森の中の、静かな表参道や南口鳥居を抜けると、参道の中央で、篝火が煌々と燃えている。点々と連なるその灯りの向こうに、巨大な楼門が見えた。

その左右では、「かがりび市」という屋台が並び、漬物やお菓子、日本酒等の京都の老舗が出店している。楼門をくぐると、かがりび市周辺だけではなく、境内全体が賑わっていた。

お祭を楽しんでいる人達で溢れており、着物姿も少なくない。

紅葉柄の小紋を着た若い女性や、落ち着いた流水柄の訪問着の女性。

赤茶色の、「紬（つむぎ）」という生地の着物を綺麗に着こなしている人もいれば、紫の無地の着物に、灰色の羽織を合わせた粋な男性もいた。

外国人観光客もおり、美三輝以外の店で借りたらしい小紋を着て、屋台の和菓子を覗いていた。

祇園祭の宵山（よいやま）の時同様、今を生きている和装を見るのは、新人社員にとって良い経験である。

隣に常務がいればな、と、泰彦は妙に寂しくなった。

楼門の正面にあたる舞殿（まいどの）では、ススキや月見団子、野菜や酒等が綺麗にお供えされている。神様に対する敬意と、神様と一緒に季節を楽しみたいという、京都人の温かさが伝わってきた。

境内の東側に橋殿があって、ここにも篝火が焚かれている。今は尺八が演奏されており、時間を忘れるような幽玄な調べの中で、火の爆（は）ぜる音が小さく、ぱちぱちと鳴っていた。

この観覧席は、橋殿の前の野外にあり、自由に出入りできる。

係員から貰ったプログラムで箏曲の時間を確認した泰彦は、明日香に貰った券を使い、観月茶席へと移動した。

頂いたお茶は、苦みがあって美味しい。お茶菓子は、上京（かみぎょう）区の老舗・老松（おいまつ）のお餅だという。満月を思わせる色味に、小さなススキの焼印がある。和菓子に馴染みの薄い泰彦でも、何個でも食べられる美味しさだった。

出されるお茶菓子は年によって違いがあり、係員に聞いた話によると、別の年は左京区の宝泉堂だったという。

餡を包み、芋を模したお菓子だったらしい。泰彦は、昨年ここにいなかった事を惜しむと同時に、来年はどんなお菓子だろうと楽しみになった。

茶席から出て夜空を見上げると、月がより高く昇って小さく見え、薄衣のような雲がかかっている。

泰彦が吸い込まれるようにそれを見上げていると、橋殿の方から拍手が起こっていた。いつの間にか尺八の演奏が終わって、演目が箏へと変わったらしい。並べられた箏一面一面の前に、着物姿の女性達が座っている。泰彦は早足で移動し、後方の座席に腰を下ろした。

おそらく、中央に座る年配の女性が、明日香の師匠である。それに近い女性達は姉弟子で、端にちょこんと座っているのが、明日香だった。

（あの訪問着だ。あの着物で舞台に出てる……！）

彼女は、泰彦が選んだ着物を纏っていた。正倉院文様の帯と、薄紅色の帯締め。そして、例の訪問着。髪は綺麗に結い上げており、薄く引いているらしい唇の紅が、篝火の灯りと溶け合うように、わずかに艶めいていた。

泰彦はついどきりとし、彼女自身が芸術品であるかのように、じっと見つめていた。

明日香が正座しているため、今の訪問着は卵色の、薄い雲模様にしか見えない。

しかし、泰彦は見逃してしまったが、彼女が舞台へ上がる際、例の裾の絵が観客達にも見えたらしい。

隣の老夫婦が、

「あの若い子の着物、凄かったなぁ」

「ね。雷神さんなんてね。でも凄くお洒落だった。構図がいいのよ。さすが京都の子は、センスあるわよねぇ。髪もお化粧も、凄くお上品。やっぱり日本人はお着物がいいわよね」

と話し合っていた。

これを耳に挟んだ泰彦は嬉しくてたまらず、

（そのお着物は、うちの社長が仕入れたものなんですよ。彼女に薦めたのは、俺なんです）

と言いたくなってしまうのを、頬を緩めながら我慢していた。

やがて、箏の合奏が始まる。最初の曲は、聴きやすくもお箏らしい旋律の曲。その次は、泰彦も知っている人気アニメのアレンジだった。

篝火と月夜のもと、遠い観覧席から分かる程、明日香は楽しそうに弾いている。

彼女の微笑が、箏を弾く手が、纏っている着物が。月夜や篝火、下鴨神社といった借景と融け合い、芸術の結晶のように見えてくる。

その光景が、忘れられない秋の京都の思い出として、泰彦の心に鮮やかに刻まれていった。

演奏が終わって拍手が起こり、明日香達が聴衆へ頭を下げる。泰彦も他の人達同様に、心からの拍手を送っていた。

師匠から立ち上がって順番に橋殿から降り、明日香が立った瞬間、裾の雷神が聴衆の前に現れた。

ちらりと見えただけの数秒だったが、それの存在感は抜群だったらしい。観覧席のそこかしこで、明日香の訪問着の意匠について、感嘆の唸り声がした。

日本を代表する絵画が、着物の柄になるという事実に、皆驚いている。

先程の夫婦も、再び明日香を話題に上げては、友禅や琳派の、果ては、和装文化の奥深さを話し合っていた。

そこから箏の話題にも発展し、この場にいた観客達は全員間違いなく、日本文化の良さを再認識している。外国人観光客も、ずっと拍手を送っていた。

当然、それらの様子は泰彦の耳にも届き、見えている。自分が、この発信と再認識の一助を担えた知られざる事実に、例えようもない興奮を得ていた。

華やかな箏曲の余韻の中、泰彦は観覧席から立ち上がる。今の満足感が冷めないうちに、一目だけでもと明日香を探そうとした。

その時、背後から、聞き覚えのある声がする。

「あの人、婚活パーティーの係員さんだった人でしょ？　綺麗な演奏だったね。お着物も、凄く格好よかった」

反射的に、泰彦はぱっと振り向いた。いつの間に来ていたのか、ジャケットにパンツ姿の遥が立っている。

まさか、また会うとは思っていなかった。泰彦は目をぱちくりとさせ、

「お前、何でここに？」

と、訊いた。

「何でって、覚えてないの？　私、婚活パーティーでここのお茶席券を貰ったじゃん。だから来たの。桜井さんと一緒にね」

「その桜井さんは、今どこにいるんだ？　相手を放っといて、俺と一緒にいちゃ駄目だろうが。今の状況を桜井さんが見たら、きっと傷つくぞ」

「大丈夫、桜井さんも知ってるよ。私達、二人でいる時に矢口君を見つけたんだもん。私と矢口君が同級生って事は、婚活パーティーの帰りに桜井さんにも話してあるからね。それで、桜井さんが、ちょっと話しておいでよって言ってくれたんだよ。で、桜井さん自身

は、かがりび市の方を見に行ってる。私も、すぐにそっちへ行くつもり」

「じゃあ、早く行った方がいい。長くここにいたら、変な誤解を招いちまう」

「だから大丈夫だって。向こうは知ってるって言ったじゃん」

「いや、桜井さんの事じゃないんだ」

「じゃあ誰？」

「それは……」

泰彦はつい、明日香だと答えそうになった。出し惜しみせず、そう答えても、よかったかもしれない。

ただ、同級生の遥相手にも、明日香の名前を口にするのが、何だか勿体ない気がしたのである。綺麗な着物を大事に仕舞うように、泰彦の心の中で今少し、あの綺麗な明日香を仕舞っておきたかった。

黙ってしまった泰彦を前に、遥は何かを感じ取ったらしい。それ以上は詮索せず、

「そっか。私だって、桜井さんに誤解されたくないもんね」

と言い、笑って小さく手を振った。

「じゃあね、矢口君」

「おう。またな」

泰彦も、同じように小さく手を振って別れようとする。その直前、遥の目がだんだん穏

やかになった。泰彦ではなく、橋殿の方を見つめている。

やがて、

「ごめん。やっぱり、最後にお願いがあるんだけど……、いいかな？ あのお箏の係員さんに、ありがとうって伝えておいてほしい。私、婚活パーティーと、あの人のお着物と演奏に、ありったけの元気を貰ったから」

と、泰彦に頼んだ。

「それはもちろんいいけど……。そんなに元気を貰ったのか？ お前が落ち込んでるようには見えないけどな？ それと、これは関係ない話かもしれないけど、お前、高校の頃、和風とか京都に全然興味なかっただろ。何で今更、ここに？ いや、そりゃ確かに、人の趣味嗜好は変わるのかもしれねえけど」

「……私ね、実は今度、フィリピンへ行くんだ。仕事で。短くても三年ぐらいいると思う」

えっ、と、泰彦の口から妙な声が出る。詳しく聞くと、遥は東京の本社から辞令を受けて、フィリピンの系列会社へ出向するとの事だった。

遥が、今までの事を思い出すかのように、顔を上げた。片頬を管絃祭の灯りに照らされながら、夜空を見ていた。

「上司に言われた時、凄く楽しみだったの。いわゆる、国際的な仕事ってやつでしょ。そういうの、一度してみたかったから。でも、ある日急に、向こうへ行くのが凄く怖くなったの。上手くやっていける自信がなくなって、失敗したらどうしようって、緊張して眠れなくなって……。そんな時に、ネットで広告を見つけたんだ。あの、婚活パーティーの。日本の家屋で、日本の伝統文化を体験するイベントもあるって内容を見て、どうしてか、凄く懐かしさを感じた。それで、気づいたら応募してて……。おかしいよね。私、京都は、テレビや漫画ぐらいでしか見た事なくて、住んだ事もないし、興味もなかったのにね」

遥が参加した目的は、婚活パーティーでの出会いではなく、摺込友禅の体験の方だったらしい。

ところが、仕事が長引いて新幹線に乗るのが遅れ、体験の時間には間に合わなかった。そういう訳で、造り酒屋の会場に来るまでの遥は、意気消沈気味だったという。

しかし、偶然にも泰彦と会い、そこから笑顔を取り戻してパーティーへ参加すると、桜井さんと仲良くなれて、晴れてパーティーでのカップルになった。

今、遥は、その桜井さんと本格的な交際を始めたばかりだという。

泰彦や桜井さんとの縁を不思議に思った遥だったが、一番不思議だったのは、婚活パーティーの会場にいるだけで気分が落ち着き、物事が好転した事だった。

その後、桜井さんと約束したこの管絃祭や、下鴨神社の事を楽しみにしていただけで、フィリピン行きの意欲までもが復活した事も、遥にとって驚きだったという。

「私、何でだろうって、ずっと思ってた。あれだけ怖かったのに、京都に来て婚活パーティーに参加しただけで、徐々によくなってたんだよ？　不思議でしょ？　でも……、今夜、この下鴨神社へ来て、沢山の人の着物姿を見て、あの人のお箏の演奏を見て、あの大胆な雷神を見て……、私、気づいたんだ。私は海外出張で失敗するのが怖かったんじゃなくて、言語も文化も全く違う国へ行って、自分のルーツを見失うのが怖かったんだって。それを、千年の歴史がある京都の、古い町家に身を置いて、神社に来て、和服や日本の文化に触れた事で、自分が日本人なんだって自覚した。甲府とか武田(たけだ)神社とか、おばあちゃんが着てた着物とか、いつも食べてる白ご飯とかも、一気に思い出した。それが、私を元気づけてくれた」

「日本の文化や和装が、外国へ行く足立に、勇気を与えたって事か」

「そう」

遥は、頷いて断言していた。

「自分の国の文化をちゃんと知る事で、はじめて、世界の人と対等になれるんだと思う。外国に住むから、言葉や生活はその国に合わせる必要があるけど、それでも私は日本人。広い世界へ飛び出しても、それがきっと私の、頼れる飛行機になってくれる。それに乗った私はもう安心して、外国で働けると思う。だから、矢口君とあの人に、お礼を言いたい。――ありがとね。日本の文化を教えてくれて」

彼女の言葉の一語一句を、泰彦はしっかりと心に刻み込んだ。

壮馬が京都を奔走して盛り上げようとする和装や、それを必要とする日本の文化が、人を笑顔にし、確かなアイデンティティを与えている。

（人を喜ばすお手伝い……か）

美三輝の社訓のような言葉を、思い出す。

その瞬間、遥と同じように泰彦も、自分のこれからの道が明確に決まった。

「フィリピンに行くとなると、桜井さんはどうするんだ？」

「遠距離恋愛。向こうにも話して、理解してもらってる。今の時代は、電話だけじゃなくてネットもあるし、その気になれば飛行機で会いに行けますって……。桜井さん、いい人でしょ」

「ああ。優しい人だな」

「いつか、結婚出来るといいんだけどなぁ。日本と海外だしなぁ」

「大丈夫だよ。応援してるぞ。まぁ、万が一アレになったら、また町家の婚活パーティーに来いよ」

「うん。ありがとう。今度は絶対、友禅体験をやるからね！　ハハハ！　……矢口君は？　ずっと京都にいるの？」

「そのつもりだよ。海外出向に負けねえぐらい、広い世界を見つけたからな」

「何?」

遥に問われた泰彦も、橋殿へと視線を移し、にっこり笑う。

今度は自分の心にしまい込まず、きちんと答えた。

「お衣装だよ。特に、和装だな。数百年前からある構図が、技術が、伝統が、今の時代に生きてるんだ。勉強すればするほど奥深くて、タイムスリップした気持ちになる。楽しいぞ。海外へ行くお前が飛行機なら、こっちは、ずっと変わらない空港かもしれないな。それか、海で喩えるなら灯台だ」

「いいね、それ。私もそう思う。京都では、昔からの文化にすぐ触れられるから、自分の中の『日本人』が目覚めるんだろうね。——本当にありがとう、ますます元気出た。京都の千年に比べたら、三年なんてすぐだよね」

「本当、そうだよ。頑張れよ。——帰国して、桜井さんとの結婚が決まったら連絡してくれ。『お衣裳　美三輝』の方にな。いいお衣装を揃えて、お待ちしてますよ」

「やだ、お商売が上手いじゃーん! お言葉に甘えて、そうさしてもらうね。——じゃあね、矢口君! 元気でね!」

「お前もな。桜井さんと仲良くな」

とうとう、遥が背を向けて遠ざかってゆく。彼女の前途に幸あれと願って、泰彦も反対方向へと歩き出した。

境内の係員に尋ねて、泰彦は演奏者達の控室に行ってみた。すると、明日香の師匠や姉弟子達はそこにいたが、肝心の明日香はいないという。

対応してくれた姉弟子も、首を傾げていた。

「うちらの出番は終わったから、別にええねんけど……。どこ行かはったんやろなぁ？　お手洗いにしては長いし」

「ありがとうございます。じゃあ俺、ちょっと探してきます」

泰彦は姉弟子にお礼を言い、明日香を探しに境内を歩く。

やがて、人気のない場所で、卵色の着物の女性が立っているのを見つけた。

その裾には雷神が月夜に照らされているが、たとえそれがなくても、泰彦には明日香だと一瞬で分かる。

明日香は、訪問着を涙で濡らさないよう必死にハンカチを顔に押し付けて、声を押し殺して泣いていた。

泰彦は、反射的に明日香へと駆け寄っていた。

「明日香？　どうした⁉　何かあったのか」

「泰彦……⁉　ううん、何でもない。気にしんといて。……あの、今日、来てくれてありがとう」

「お礼なんかいい。何で泣いてるんだ、絶対何かあったろ！」

そこまで言った時、泰彦は遥と話していた事を思い出す。

明日香も、演奏が終わった後で泰彦の存在に気づき、観客席まで会いに行こうとしたのかもしれない。そこで、遥と話している姿を遠くから見つけ、何も言わずに引き返したのだとすれば、辻褄は合う。

つまり泰彦はまた、迂闊にもよくないところを明日香に見られてしまい、今度ばかりは泣かせてしまったらしい。

泰彦は、散りそうな花に触れるかのように、そっと明日香の肩に手を置いた。

「……あの……。もしかして、さっき足立と一緒にいるのを見て、それで泣いてるのか？　あれはただの世間話だ。今頃、桜井さんと仲良く屋台を見てるだろうし、もうしばらくはあいつと会う事はない。気にすんな。……また、我慢させて悪かった。嫉妬していいって言ったじゃねえか。……今まで、ちゃんと言わなかったのが悪かったんだよな。俺はな、明日香。俺も……」

「違うねん、泰彦。違うねん。そういうのじゃない」

「何が。俺と足立がいるのを見て、泣いてるんだろ？」

「確かにうち、二人がいるんを見てたし、会話も、また全部聞いてもうた。ごめんな。けど……、ちゃうねん……。これ、嬉し泣きやねん……」

「え？　何で？　嬉し泣きの要素がどこに……？」

「足立さんが、うちのお着物を見て、元気になったって言うてくれはった。泰彦は、和装を広い世界って言うてくれた。それが嬉しかってん。大学の時の元彼にも、ほんま、聞かしてあげたい……！」

しゃくりあげながら、明日香は少しずつ、自分の過去を話してくれる。

いわく、彼女は大学時代、当時の恋人と酷い別れ方をしたようだった。

相手の男は、外見の可愛さだけで明日香と付き合っていたらしい。明日香が笑顔で話す和装については、一切興味を持たなかったという。

それだけなら、個人の好みなので仕方ない。しかし、相手の男は明日香のいないところで女友達と陰口を叩き、

「あいつ、まだまだ子供なんだよ。着物とか、そういう視野の狭い世界しか見てない。まぁ、実家が古い衣装屋さんらしいから、その影響かもねぇ。古風なキャラは、やっぱり漫画だけで十分ですわー」

と、実家ごと、明日香の古臭さを笑ったという。

これを偶然、明日香は教室の戸を隔てて聞いてしまった。家業と和装を揶揄(やゆ)されて激高し、無我夢中で教室に飛び込んだ。

ぎょっとする相手の男や女友達を前に、明日香は、ありったけの怒りをぶつけたという。

「あんたら、着物の種類を全部、今ここで言うてみぃな！　生地の種類を言うてみぃな！

言えへんやろ⁉　西陣織をじっくり見た事もないくせに、友禅のゆの字も何も知らんくせに、ようも視野が狭いとか言えるなぁ⁉　あんたみたいなアホはこっちからお断りや！　二度と話しかけんといて！」

語尾を震わせて叫んだ後、明日香は早足で教室を出る。

相手の男は、明日香の剣幕にすっかり怯んで言い返せずにいたが、明日香が引き上げると分かった途端、急に強気になったという。

「ほらな、ああいうところだよ。狭い世界にいる人ほど、ああやって怒るんだよ。ああいう人ほど一度、海外へ行くべきだと思うんだよな、俺は」

背中越しに聞こえる、せせら笑い。うちにビビってたくせに、と呆れた明日香は溜息をつき、二度と振り返らなかった。

この失恋は、忘れられない悔しい記憶として、明日香の心に残ったという。

言霊というのは怖いもので、それ以降の明日香は和装の世界が好きな事に変わりはなかったが、それでも、相手の言った事が実は正しく、自分は和装だけの世界にいる世間知らずなのかもしれない、と、一瞬思っては辛くなった。

明日香はそれを振り払うように、より和装にのめり込んだ。大学を出たら絶対に、兄と共に美三輝を継ぐと決めた。

狭い世界と言われた和装を庇って愛しがるように、勉強を重ね、その奥深さや魅力について、さらに尊く感じるようになったという。

「あの時よりもずっと前の、高校生の時から、うちは和装の良さを伝えるっていう夢を持ってた。でも、元彼みたいに和装に興味ない人も多いし、嫌いな人かって、いはると思う。実際、親に勧められて成人式や卒業式で和装にしたけど、結局、締め付けのしんどい思い出が残って、和服はもう嫌やって言う人も、実はいはんねん。

それは、別にええねん。個人の自由やから。でも、やっぱり……、好きな世界を、他の人にも好きになってほしいっていうんは、人間の性やんか？　反対に、悪く言われるんも、辛いやんか？　やから、仕事してる以上は、和装が嫌われる時もあるんやでって、うち、時折自分に言い聞かせてんねん。

……でも今日、これから広い海外に行く足立さんが、うちの婚活パーティーや着物や、お箏に触れて、元気を出してくれた。うちの大好きな泰彦が、うちの大好きな和装の事を、広い世界って言うてくれた。それが、何よりも嬉しかってん。今言うたように、和装が嫌いな人もいはるよ。狭い世界かもしれへんよ。でも反対に、好いてくれる人もいはる。広い世界って言うてくれる人もいはる。目の前に……。それで、うちは何て幸せもんなんやろって、思ってん……」

当時の悔しい思いが、泰彦と遥によって払拭された。その嬉しさが高じて、明日香は泣いたのだった。

「なるほど、そういう事だったんだな。——俺は、何度でも言えるぞ。和装は広くて、奥深くて、楽しい世界だってな。俺自身、まだこの世界に入って半年だけど……、それだけは、その元彼さんとやらに、噛まずに説明出来ると思う」

「ほんまに？」

「ほんま、ほんま」

あえて京都弁を真似してみると、明日香が顔を上げた。みるみる内に、瞳に涙が溜まってゆく。月からこぼれた露のように、綺麗な涙だった。

「ありがとう。泰彦のあほぉ、また泣いてまうやんかぁ……！」

明日香が再び泣き続けるのを、泰彦は傍らで、優しく見つめていた。

この人は、こんなにも和装が好きで、こんなにも、自分の仕事を愛している。

そんな人に、和装の世界へ導いてもらえて、一緒に仕事が出来て、俺の方こそ幸せ者だろう。

ただただ素直に、泰彦はそっと、明日香を胸に抱き寄せていた。

「泰彦……？」

「だって、お前のハンカチ、もうびしょびしょだからな。そのお召し物を汚すと、地直し屋さんに怒られそうだわ。それは嫌だろ？」

冗談めかすと、明日香の泣き声が止まる。やがて、くすっと笑みがこぼれた。

腕の中で、明日香が泰彦の胸に手を添える。泰彦も、結った髪を崩さないように、明日香の頭を撫でていた。

「ほんまやね。そろそろ、泣き止まんとやね」

「いや、別に泣くのはいいんだよ。そのために、俺が今こうしてるんだから」

「ほな、もうちょっとだけ、お言葉に甘えよっかな」

「どうぞ」

しばらくの間、明日香は静かに涙を流し、泰彦の胸がそれを受け止める。

境内の森のどこかから、虫の鳴き声がした。神事の浄化の鈴を思わせるような、美しい響きだった。

明日香が落ち着いたのを見計らって、今度は泰彦が口を開く。口調も、部下として改めた。

「……えーと、まぁ。俺と足立の会話を聞いてたんなら、話は早いと思いますが……。そういう訳なんで、俺は、これからも美三輝で働きたいと思ってます。仮に美三輝をクビになっても、和装に関わる仕事を探します。それぐらい、俺も、和装の世界が好きになりました。これからも、よろしくお願いします。あと、その、常務の事も……」

そこで一旦、泰彦は明日香を胸から離した。

こればかりは、ちゃんと伝えねばと、ずっと考えていた事である。わずかに深呼吸する泰彦を見て、明日香も、そっと顔を上げた。

「うちが、なあに？」

「……俺も、常務の事が好きです。結婚だって、ちゃんと考えてました。でも……、考えれば考えるほど、常務には待っていてほしいんです。あなたの大好きな和装の仕事で、ちゃんと一人前になってから結婚したい。少なくとも、噛んだり度忘れして、常務の手を借りずに済むようになってから、胸を張ってあなたのもとへ行きたいんです。

それに、あなた自身の事も、これからは結婚を見据えた上で、時間をかけて知っていきたいと思います。常務だって、口ではお婿さんとは言っていても、そう思っているから俺にはほとんど触れないんですよね？　ちゃんと気づいてましたよ。なので……、周囲へ触れ回るなら、お婿さんではなく恋人か、せめて婚約者という風に、してもらえないでしょうか」

本音そのままに、一気に話した泰彦。心に秘めるだけでは曖昧だったが、いざ言葉にすると、こんなにもはっきり言える。それが、自分でも不思議だった。

一方の明日香はというと、告白を受けて目を見開いており、泰彦を見上げている。

泰彦なりの誠意と愛を前にして、彼女は幸せそうに口元を緩めた。

「ありがとう、正直な気持ちを言うてくれて。うち、めっちゃ嬉しい。……本気で、そう言うてる？」

「はい」

「ほんまに、うちの事、好きなんやんな？」

「はい。――その大学の元彼とやらは、見る目がなかったんですねえ。今更ながらに妬けてきましたよ」

「そっかぁ……。大丈夫！　うちはもう、泰彦一筋やから！」

「ありがとうございます。光栄です」

お互いの気持ちが一致した。これを、世間では両想いと言うらしい。明日香はその現実に夢見心地なようで、

「そっかぁ……。うちと泰彦、今、好き同士なんやぁ……」

と呟いては、少女のように微笑んでいた。

何だか、漫画やドラマのような恋だなぁ、と、泰彦はぼんやり思う。

しかし、

「うちらのこれからは分かったけど……、うちは、お婿さん呼びの方がいい！　これからもそうする！　っていうか、両想いになってるんやし、明日結婚しよう⁉」

と、明日香がいつもの調子に戻ったので、「はい？」と思い切り変な声が出た。

「あの、常務……。話聞いてました？　結婚の意思はありますけど、俺は未熟にも程があるので、一人前になるまで待ってくださいって言ってるんですが」

「泰彦はもう大丈夫やって。いけるいける」

「いやいやいやいやいや！　俺が一人で担当した時の、あの惨状を見てたでしょ⁉　お婿さん呼びだったら、既に結婚して、美三輝の弓場家へ入る事になるんですよ。俺だけ仕事が出来ないなんて恥ずかしいでしょうが⁉　だから、お婿さん呼びは待ってください」

「一緒やん、別に。ええやん」

「よくねえよ！　常務とド新人なんて釣り合わないでしょうが！　彼氏や婚約者として触れ回るなら、万が一それが白紙になっても常務に傷はつきませんよ？　多分。ですから、それでいいでしょうが！　何でお婿さんにこだわるんだ⁉　まぁ、その……。待たせるような婚約が嫌とか、結婚のマナー的にあれだと言うなら、一旦全部白紙にしてもいいですけども……。そうしたら、俺が辛いだけで済みますし」

「泰彦こそ、今までのうちの話聞いてたん⁉　白紙とか、何でそんな方向になんの⁉　そこは、待てへんしハイ結納！　即結婚！　の流れでいいやん⁉」

「だーかーらー！　……じゃあ、言い方を変えましょうか。俺が何も知らないまま、誰かに言われるままに、花婿衣装を着てもいいんですか？　俺が一人前になるまで待てば、俺が自分で選んだ、こだわりのお衣装を着て、それを、常務は新婦として見られるんですよ？　そっちの方がいいでしょう？」

「うっ。そう言われると……！」

ようやく、明日香が納得し出す。上手い事言えたな、と、泰彦は少しだけニヤリとした。

やがて、明日香は唇を小さく突き出して、訝しそうに上目遣いになった。

「……何か泰彦、うちの扱い方が上手くなってない？　出会った時はもっとこう、純粋な人やったのに。誰かの入れ知恵？」

「人を汚れたみたいに言わないでください。誰の知恵でもないですってば。俺だって成長するんですよ。……で。どうでしょうか、こういう関係でも。ちょっと変わった婚約だとは思いますが……。まぁ要は、恋人関係にはなりましょうって事です」

「そんなん、もちろんオッケーに決まってるやん！　今日から泰彦は、うちの仮お婿さん！」

「仮つけただけじゃねえか！　何聞いてたんだホントに⁉」

せっかく恋人にはなれたというのに、これではいつもと変わらない。

まあ、それでもいいか。和装だって、恋だって、いろんな種類があるんだしな……。

泰彦はそう観念し、明日香との時間を楽しんだ。

「それにしても……。泰彦から、『地直し屋さん』って言葉が自然に出るなんてなぁ。板についてきたやん」

「まぁ、汚れを落とす職人さんの事ですからね。常務とか松崎さんとか、飛翔の人達も普通に会話で出してますから、何かこう自然に……。でも、板についてきたって言ってもらえるのは、俺も嬉しいです。早く一人前になって堂々と常務と、ああ、いや、社長やオーナーとも、肩を並べられるようになりたいですね」

「んもう、泰彦ったら！　大胆な事言うやん！　……あの二人に比べたら、うちすら吹き飛ばされるぐらいやで。知識も目も経験も、接客の手腕もな。泰彦が、そう簡単に追いつけるやろかー？　まぁ、うちもやけど」

「ええ。わかってますよ？　だからこそ燃えるんじゃないですか。——さ、常務。控室に戻ってください。お師匠さんや姉弟子さん達が待ってましたよ。自由解散なら、俺が家まで送ります。明日も仕事ですし、よろしくお願いします」

「うん！　任しといて！　泰彦が一人での担当でも、試着がサッと出来るように！　バシバシ鍛えてあげるから！」

「トラウマを出さないでください……」

名月の下、二人一緒に歩き出す。橋殿では全ての奉納が終わっており、管絃祭ももう終わりである。

演奏を見ていた人達も、帰るために楼門へ向かっている人達も皆、舞殿で貰えるススキの穂を愛でて、満足げな表情だった。

泰彦と明日香もススキを貰い、大事に抱える。

別れ際、

「明日香。今日のお前、凄く綺麗だったぞ。お箏も、俺は素人だから的確に言えないけど、めちゃくちゃ上手かった。着物もな、観客席で話題になってたんだよ。俺、あの訪問着を薦めて本当に良かった」

と言うと、明日香は顔を真っ赤にして、今日一番の笑顔を見せてくれた。

「ありがとう！　先生や姉弟子さんからも、めっちゃ褒められてん！」

これが、自分と明日香の、一応の決着かもしれない。

その先にある本当の決着である正式な結婚、さらには、彼女と歩む和装の道を目指して、泰彦は帰路についた。

第四話　和装ドレスと聖夜の誓い

「えーと、美三輝（みさき）さんからお預かりしていたものは、これで全部でしたね？」

「はい、間違いないです。中を拝見しますね」

若い男性の、地直し（じなお）しの職人さんが出してくれたお衣装の箱を開けて、泰彦（やすひこ）は抜けがないかを確認する。

汚れを落としてもらうために預けた訪問着や引き振袖は、全部、箱に入っていた。どれも丁寧に畳まれており、身を寄せ合ってふんわり積み上がっている。

泰彦は、それら一枚一枚を軽く広げて、それぞれの汚れていた箇所を確かめる。どれも職人さんの手によって、新品のように綺麗にされていた。

京都では、「地直し屋さん」と呼ばれる職人さん達がいる。これは、着物や丸巻きの生地といったもの全般の、汚れを落としてくれる専門職だった。

冠婚葬祭が中心の貸衣装屋である以上、お客様が宴席で飲食物をこぼしてしまったり、野外の撮影で土が付くという事もある。そのため、地直し屋さんは、美三輝にとって欠かせない職人さんだった。

入社して、今は十二月。

　仕事にも多少慣れてきた泰彦は、作業室の片付けやご予約様の補佐だけでなく、今のように会社のワンボックスカーを運転し、一人で地直し屋さんの仕事場があるビルへ行き、預けたお衣装を引き取れるようになっていた。

　泰彦は、広げた着物をもう一度畳んで箱に入れ、若い職人さんへ丁寧に頭を下げる。

「いつもありがとうございます。本当に凄いですよね。どうやったら、こんなに綺麗に落ちるんですか？」

　泰彦が訊くと、目の前の若い職人さんは、照れ臭そうに頭を掻いた。

「いやぁ、まぁ、それが仕事ですしね……。生地に合わせて、薬品とか染料なんかを変えて、まぁ、何ていうか、慣れって言うんですかね。僕なんかはまだ二年そこそこで、難しい汚れを落としてるのは、ほとんど父親ですけどね」

　彼が仕事場の奥を見ると、もう一人の職人さんである彼の父親が、眼鏡をかけて机に向かっている。

　強面（こわもて）な顔を険しくして、生地を広げ、目の前の汚れを落とす事に集中していた。

　……かと思えば。父親も、横目で息子の仕事振りを見ていたらしい。ついでに泰彦の様子も見ていたらしく、ふっと表情を和らげて泰彦を見た。

「お兄さん、着物畳むん上手になったな。初めてここへ来た時は、ここの机の薬品ばっかり見てて、仕事忘れてたやろ。そんで先輩に怒られるわ、着物を畳むときも、メモ見ながら、えっちらおっちら畳んでたのになぁ。人間、何事も成長やな」

「お、覚えてらっしゃったんですか……。その節はどうも……」

温かく笑われて、今度は泰彦が照れる番だった。

地直し屋さんの仕事場は、五条通りのビルの一室にある。泰彦は、父子にお礼を言ってお衣装の箱を抱え、階段を下りた。小さいビルなので階段しかないのである。

ビルを出たら、お衣装の箱を積んで車を出し、五条通りから河原町通りへと入る。河原町に、結納の道具等を取り扱っている雑貨店があり、そこで美三輝のパンフレットを置いてもらう予定だった。

これを届けるのも泰彦の仕事で、駐車場に車を駐めた後、クリスマスムード一色の煌びやかな河原町を歩き、

「お世話になってます、美三輝です」

と挨拶しながら、暖簾をくぐるのだった。

十二月といえば、何といってもクリスマス。それは、昔ながらの伝統が残り、和装文化が定着している京都でも同じだった。

壮馬から聞いた話によると、花街の女将さんといった普段から和装の人達も、色合いを赤や緑にしてみたり、小物に柊を取り入れてみたりと、クリスマスを髣髴させるという。

大通りで、ビルが多い五条通りはそれほどでもないが、繁華街である河原町通りは、完全にクリスマス一色だった。

ほとんどの店に、サンタやトナカイの人形、柊にベル、ポインセチア等が飾られている。ツリーに、電飾を付けて置いている店もあった。

赤や青、白色が、交互にチカチカ光って眩しい。眺めているだけで気分が上がった。

流れる音楽も、ずっとクリスマスの曲である。そんな河原町から車を運転し、泰彦は北上して、河原町通りと御池通りの交差点・河原町御池へ出た。

ここの北東の角には、約百三十年の歴史を持つ京都ホテルオークラがある。その外壁から、細長い電飾が何本も垂れ下がっていた。

下に向けた扇状に広がっているそれは、夜になれば、周りの街路樹のライトアップと合わせて淡く七色に光り、とても綺麗と評判である。実際、泰彦も十二月に入って仕事帰りに見た事があり、都会の洗練さを感じたものだった。

京都ホテルオークラでは、中のロビーにも、巨大なクリスマスツリーがある。

十二月にここで挙式する新郎新婦は、ロビーの大階段はもちろん、目を奪われるようなこの豪華なツリーの前で、記念撮影が出来るという。

このロケーションは、そこの時期に挙式するカップルだけに与えられる、嬉しいプレゼントだと言えた。

御池通りから堀川通りを北に上がると、だんだんと町は静かになる。

広大な敷地の二条城があるとはいえ、美三輝が本店を構える丸太町通り周辺は、基本的には住宅街だった。

賑やかなクリスマスムードというよりは、落ち着いた生活の中でクリスマスを感じる。丸太町には、そんな穏やかさがあった。

美三輝に到着した泰彦は、車を駐めて本店の暖簾をくぐる。河原町のお店で預かった手紙を壮馬に渡そうとしたが、一階には誰もいなかった。

泰彦が、半螺旋階段の近くから二階へ声をかけると、上から松崎さんの声が返って来た。

「矢口君、おかえりー。社長やったら、今屋上やわ。ほら、撮影今日やったやん」

「あー、分かりました！　ありがとうございます！」

松崎さんにお礼を言った泰彦は、二階へは上らず、小さなエレベーターに乗る。

美三輝の自社ビルは七階建てであり、最上階が、記念撮影用の部屋になっていた。

野外での撮影も出来るように、バルコニーも日本庭園風に造られている。オーナー・弓場加津代のこだわり抜いた場所であり、竹垣の上から顔を出すと、東に大文字山を望めるよう設計されていた。

今、その七階とバルコニーで、写真撮影が行われている。美三輝の新しいパンフレットに使う写真を撮るためで、今日の作業室のメモにもちゃんと書かれていた。

同席している壮馬の指揮や、加津代の意見のもと、カメラマンが、美三輝のお衣装を着たモデルにポーズを頼んでいる。

バルコニーの向こうから見える空はよく晴れており、差し込む弱い太陽の光が、石畳をイメージした床に優しく反射していた。

モデルの傍らには社員の安ヶ峰さんもおり、介添え役を担当している。

「はい、オッケーでーす」

カメラマンがシャッターを切り終え、顔を上げる。このモデルというのが——。

「あ、泰彦！　お帰りー！」

一本の大きな三つ編みを、肩から垂らした明日香だった。

彼女は今、マーメイドラインと呼ばれる形態の、体のラインに沿って膝下から裾の広がるカラードレスを纏っている。

その素材は色打掛であり、朱色の生地に、鮮やかな丸に鳳凰が散らされていた。

さらに、金糸や銀糸を贅沢に使った鼓、桐、花も織り出されている。色打掛の絢爛さが、そのままドレスとして生まれ変わっていたのだった。

これは、「和ドレス」、ないしは「和柄ドレス」、「和装ドレス」と呼ばれる種類である。

色打掛や白無垢、振袖をリメイクしたドレスの事を指し、最近出始めて好評を博し、日本の婚礼衣装に定着しつつあるドレスだった。

冠婚葬祭のお衣装、特に、西陣織をはじめとした和装を重点的に扱う美三輝では、この和装ドレスが出始めた直後から着目し、自社製品として積極的に製作していた。

それを作っているのは外部の職人さんではなく、社員の安ヶ峰さんである。

今や美三輝のベテラン社員である彼女は、元々、ドレスを縫える職人だった。それを、ホテル時代の加津代が口説き落として、社員に迎えたのである。

当時も今も、さらに言えば美三輝という店を立ち上げた時から、加津代は、自分の商品の質にこだわりを持っていた。

和装だけでなくドレスも同様で、妥協せず良質なものを追い求めた結果、腕のある職人の安ヶ峰さんをいっそ社員に迎えて、自社でドレスを作ろうと思い立ったのだという。

入社した若き日の安ヶ峰さんは、引き続き、美三輝でドレスを制作する事になった。

この結果、加津代が生地からこだわり抜き、安ヶ峰さんが作ったドレスは、控えめでも「良いもの」として口コミで広まった。

当時から時を待たずに美三輝の看板商品となり、今では、「追い求める手作り」という謳い文句もついている。

やがて、美三輝の仕入れ先である友禅工房で働いていた未来の夫、安ヶ峰先生と出会った……という経緯らしい。

腕を錆びさせる事なく、磨かれていったのが嬉しかった。オーナーと口論した事もあるけれど、どこまでも質を追い求めるのは楽しい、と、泰彦は安ヶ峰さん本人から、思い出話を聞かせてもらった事がある。

美三輝のウェディングドレスは、そういう自社製、あるいは、独自にイタリアの工房と提携したものが多く、そのほとんどが安ヶ峰さんの制作か、安ヶ峰さんの意見が加味されていた。今や、安ヶ峰さんなくしては、美三輝のドレスはあり得ないという。

和装ドレスが出始めた時も、加津代と壮馬の要望を受けた安ヶ峰さんが、着物をほどき、専用のミシンでドレスにリメイクした。

当然、今、明日香が着ているドレスも、そんな安ヶ峰さんの力作である。

泰彦は、社員研修で既にそれらを知っていたとはいえ、技量を持つ安ヶ峰さんを、再度尊敬せずにはいられなかった。

もちろん、綺麗なのはお衣装だけではない。ドレスを着た明日香を見ていると、女性の艶やかさがより浮き彫りになる。

(やっぱり、トルソーに着せるのと、実際に人が着るのとでは、だいぶ印象が違うよな。というか多分、明日香だから、綺麗なのかな……)

泰彦は見惚れてしまい、荷物や手紙を落としそうになる。

　壮馬とオーナーに声をかけられて慌てて挨拶すると、明日香がこちらへ寄ってきた。

「なぁなぁ、このドレスどう⁉　うちが選んでん！　次のパンフレットの、中央に載せるねんて」

　褒められる事を期待した、無邪気な眼差し。それに泰彦は顔を赤らめながらも、

「お疲れ様です、常務。凄く、いいと思いますよ」

と、正直に答えた。

　二人きりなら、もっとストレートな、愛のある感想を言えたかもしれない。

　だが今は、壮馬をはじめ他の人達の目もある。泰彦はあくまで、一社員として接していた。

「和装ドレスって、実際に着ると凄く目を引くんですね。庭園でも映えるみたいですし、お客様に、神社仏閣の撮影コースで提案出来そうです。いい参考になりました」

「ほんまやね。マーメイドラインは大人っぽいし、年代が上の新婦さんを中心に薦めれば……。って、んもうー！　そういう業務的な意見もええけど！　うちは？　これを着たうちはどう？」

「ですから、今言ったじゃないですか。凄くいいって。今回は、人件費を抑えるために外部のモデルさんを止めて、常務にしたとは聞いてましたが……、そこまで似合うんだったら、他のモデルさんなんか、いらないですよね」

「きゃーっ⁉　ほんま⁉　お兄ちゃ……、いえっ、社長聞きました⁉　今の⁉」

「聞いてた。ばっちり。次から外部さんにするわ」

「何でよ⁉」

撮影部屋の隅で、壮馬が爆笑している。

とはいえ、外部にすると言ったのは冗談だったらしい。実際は客観的な目で、明日香の顔立ちの良さや均整の取れた体形、そして、お衣装を着た際の、全体的な見栄えの良さを認めている。

テーブルの上のノートパソコンで、写真の出来をカメラマンと一緒に確認してから、

「これやったら、もう、今後は明日香でいこか」

と、呟いていた。

やがて、おし、と壮馬が軽く手を叩き、

「もう一回、別のポーズで撮影しよか。今度は髪飾りと……、あー、髪型も変えるか？　安ヶ峰さん、どうでしょう。いけますかね」

「大丈夫ですよー。ほな、先に小物を変えて撮影して、後で三つ編みを解いて、アップにしましょっか。常務、ちょっとこっち来てもらえますか？」

「はーい！」

撮影が再開され、壮馬、カメラマン、安ヶ峰さん、そして明日香がバルコニーへと移動

する。

泰彦は壮馬に手紙を渡し、作業室に戻ろうと部屋の端のエレベーターに向かったが、最後にもう一度、と思い、振り向いて明日香を眺めた。

中秋の名月に明日香と想いを伝え合い、一応は恋人同士という事になって、はや十二月。とはいえ、仕事中は上司や部下として接するのが基本で、秋は、七五三をはじめ行事が多くあり、お衣装の予約が立て込んでいた。

そのため、泰彦と明日香は、仕事では毎日会ってはいるものの、二人で会う時間はなかなか取れていない。

電話やメッセージアプリという手段もあったが、お互い今更になって「恋人」という響きに照れてしまい、結局、以前と変わらないような普通のやり取りが多かった。

それに、泰彦が決めた「一人前になるまで待ってほしい」というものもあって、これを泰彦自身も明日香も守っている。

元々、その約束の上に二人の関係が成り立っていたので、仕事だとしても、互いの顔を見て話す事が出来たら幸せ、と思える穏やかさがあった。

さらに付け加えると、常日頃、明日香は職場で泰彦を、「うちのお婿さん！」と言っていた。今でも結局、「仮お婿さん！」と呼んでいるので、恋人になろうがなるまいが、現状は変わった気がしない。

そして、変わる必要もない。

ゆえに、これといった進展はなかったのだ。

（だから何というか、恋人とかお婿さんとか、そういう境界線がもうなくなっちまってる気がするんだよな……。これが『俺と明日香』で、互いがそれでよければ、それで幸せというような……）

しかし今、遠くからドレス姿の明日香を眺めていると、どうしても顔が熱くなる。

一人前になるという約束なんか捨ててすぐに結婚したい、と言い出す欲望と、ずっと前から口にしている事を、色恋一つで反故にするのか、と叱る理性が心の中で戦っていた。

とりあえず、早く仕事に戻ろうとエレベーターを待っていると、誰かが泰彦の隣に立ち、ぱしんと腕を叩いた。

「あ……、オーナー。お疲れ様です」

美三輝の創設者であり、現在のオーナー。そして、壮馬と明日香の祖母、弓場加津代だった。

すらりとしているが、明日香よりも背が低い。黒いスーツに、羽衣のような薄手のスカーフを首に巻いている。

顔立ちに似合う濃い口紅を付けたショートカットの加津代は、年配女性としての貫禄があった。

「お疲れ矢口君！　どうえ、うちの孫娘は⁉　よーお似合てるやろ⁉」

入社当初こそ、泰彦はこの外見の「京都人の女性」に気圧された。しかし実際は、話してみれば気さくな人である。

泰彦も笑って頷き、緊張せず話していた。

「はい。社長も言ってましたけど、今後も、常務がモデルでいいんじゃないですかね。パンフの出来上がりが楽しみです。いつ頃上がるんですか？」

「チェックも含めて、早くて来月や言うてたわ。壮馬が。私は印刷までは噛んでへんし、出来た時のお楽しみやね。いやぁー、どんななるんやろ。あんた、いてへんかったけど、今撮影してる前に撮った白無垢な、八十村先生ていう有名な絵の先生に竹を描いてもらってん。ほらコレ。この写真」

加津代が、自分のスマートフォンで写真を見せる。明日香が着ているのではなく、衣桁に掛けられたものだった。

白無垢の上に、写実的な青竹と筍が描かれている。見るだけで生命力が感じられ、これから家庭を築くお衣装としては、理想的な柄だった。

「へぇー！　白無垢に緑の竹って、よく合うんですね。格好いいというか、高貴さがあります。若い人も喜びそうです」

「やろ？　そうやろー？　私、八十村先生の絵が大好きやねん。そんで、ずうっと前から、ずうっとこのお着物にしたいと思てたんよ」

「婚礼衣装は花柄が多いですけど、竹は珍しいですよね」

「柄としては、確かにそうやわな。でも竹もええのえ」

「はい。この白無垢を見て、俺もそう思いました」

エレベーターが七階に来ていたが、泰彦は加津代と写真に熱中していたので気づかなかった。

写真の白無垢を良いと思えるのは、それを製作したオーナーが、本当に気に入っているからである。

一人の女性のこだわりが、流行を追わない上質さを揃えて、会社の商品の「色」となる。それを、社長を継いだ壮馬を筆頭に、明日香や泰彦達がお客様へ貸し出し、お衣装や和装の文化を広げるのだった。

そういう仕事は、素直に楽しい。

そんな事を考えていると、加津代が少しだけ声を低くして、

「――で。どうえ、うちの孫娘は」

と一語一句、全く同じ事を尋ねてきた。

はしゃいでいた先程とは違い、一種の真剣さがある。暗に、明日香との結婚話はどうなっているのだ、と、泰彦に訊いているのだった。

加津代は、明日香の上司であると同時に、祖母である。壮馬の方は、泰彦が入社当初から、

「あいつもお前も、社会人やしな。恋愛関係に首は突っ込まへんで。仕事に支障なかったらええわ」

とあっさりしていたが、加津代も、オーナーとして同様の姿勢でいつつ、内心は気を揉んでいたらしい。

それに気づいた泰彦は、未だバルコニーでモデルを務めている明日香を愛しく見てから、加津代に向き直った。

「――今まで不安を抱かせてしまい、申し訳ありませんでした。率直に申し上げますと、明日香さんとは、一度、その事について話し合い、結婚の意思は確かめ合いました。二人の関係も、仕事でない時は一応、恋人同士となっています。そのうえで俺は、仕事が一人前になるまで結婚は待ってほしいと言い、彼女は承諾してくれました」

泰彦の言葉が一旦途切れると、加津代は、そうか、と言い、両腕を組んだ。

「一人前って、いつやの。私や壮馬が、今日からあんた一人前やでって言うたら、明日結婚すんのか？」

「約束の文言に従うなら、そうですね。オーナーや社長が本当にそう言ってくださるなら、そうしましょう。でも、俺自身は、まだ一年も経っていない新人社員だと思っています。皆さんもそう思っていらっしゃるから、何も言わないんでしょう？」

「そやで？　ほな、自分の考えでは、いつが一人前や？」

問われて、泰彦は自分なりの意見を返した。常に考えていた事なので、割合すぐに出た。

「そうですね……。概(おおむ)ね三年目か、社長やオーナーの冷静なご判断で役職を頂くか。そのどちらかだと思います。美三輝の皆さんが三年目ごときで、とおっしゃるなら、延びても構いません」

「あんた、別に何らかの事情があるんちゃうんやろ。何でそこまで一人前にこだわんのや。仕事を頑張るんは、結婚してからでも出来るやないの」

直球でまた問われ、泰彦は今までの事を思い出しながら、考えをまとめた。またエレベーターが来ていたが、泰彦は乗らなかった。

なぜ自分はそこまで、一人前になりたいと言うのだろう。

最初は、明日香の猪突猛進(ちょとつもうしん)ともいえるアピールを躱(かわ)すためだった。

転職したばかりなので、余計な事をして、他の社員や社長の不興を買いたくなかった。

結婚よりもまずは仕事だと、普通に思っていたからだった。

しかし今は、自分も明日香の事が好きである。仕事にも多少は慣れている。結婚しない理由はどこにもない。

しかし同時に、明日香とはもう一つの絆がある。上司である彼女から沢山教えてもらった、和装の絆だった。

明日香と同時に、泰彦は、和装の事も好きになっている。せっかく踏み入れた和装の世界にも、誠意を貫きたかった。

それが、答えだった。

「――夢があるんです。明日香さんと結婚した時、『このお兄ちゃんやったら大丈夫や』って、美三輝のお得意先様や職人さん達に、和装の目で言ってもらいたいんです。和装の世界や京都は、オーナーや安ヶ峰さん達のように、生涯をかけて一つの道を歩む人達が集う場所です。二人の気持ちだけでなく、その人達にも、お世辞ではなく認めてもらいたい。挙式で明日香さんの隣にいる夫が、そういう人間だと言えるようにしてあげたいんです。もっと正確に言うと……、一人前になってから、彼女と選び抜いた和装で、式を挙げたい。それが、今の俺の夢です。

ただ、これは俺の一方的な夢ですからね。待たせる事で明日香さんを泣かせてしまうなら、考え直します。彼女が待てると言ってくれる限りは、仕事を頑張ろうと思います」

「はぁーん。なるほどなぁ」

一人で納得したように、うんうんと頷く加津代。泰彦も、加津代の勢いに押されて真剣に答え切ったが、今になって不安がよぎった。

「あの……。すみません、オーナー。もしかして明日香さんは、ご自宅でオーナーにそういう相談をしてるんですか。『結婚したいけど、泰彦が待てって言うから出来ない』、とか……。それで今、俺にこんな質問を？」

「……やとしたら、どうすんねん？　あの子、家ではずっと泣いてるで、って言うたら」

「結婚します。今すぐ」

泰彦は即答した。明日香が泣いているなら当然だった。

「今、彼女はドレスを着てますし、社長もオーナーもいるから丁度いいです。撮影じゃなくて、人前式に変更しましょう。あれだけ夢を語りましたが、意地より彼女の方が大事です」

泰彦の宣言に、加津代の目が大きく見開かれる。やがて、口を大きく開けて笑い出した。

その声に、壮馬や明日香はもちろん、安ヶ峰さんやカメラマンまで驚いている。

壮馬が、困ったように眉間に皺（しわ）を寄せていた。

「何がおかしいねん？　おばあちゃ……じゃなくてオーナー。撮影の邪魔しんといてくれ」

彼が諫（いさ）めると、加津代は笑いながら、

「かんにん、かんにん！　ちょっと思い出し笑いした！」

と言って、笑った本当の理由を誤魔化していた。

加津代のマイペースさは、周知の事実である。壮馬達は再び背を向けて撮影に向き合い、加津代も再び、泰彦の腕を叩いた。

「あんた、ほんまおもろい子やなぁー？　そんな真面目な子、私見た事ないわ！　心配せんでも、明日ちゃんはあんたが一人前になるんが楽しみやって、毎日笑顔で言うてるで。——私、矢口君の事、よう分かったで。仕事の事も、石の上にも三年っちゅう事やろ。ちゃんと考えてるやんか。この、ごっつい筋肉だけかなぁと思てたけども」

「俺の事、筋肉としか見てなかったんですか？」

「そらそうやーん。だって、こんな立派な体つきえ？　シュワちゃんみたいやわ」

「その人よりは、まだ細いと思いますけどね……？」

「まぁ、そんなんどっちゃでもええわ。……私、実はな、今こういう話を出して、あんたが上手く答えられへんかったり、はぐらかしたら、あの子にその場で『こんな子やめとき！』って言うつもりやってんで」

「えっ。そうだったんですか？　怖っ」

「何が怖いねん。あんたもそのつもりで、私にずっと答えてたんちゃうの」

「はい、実は。答えるべき時だと思ってました。多分、俺、勘は鈍い方なんですよ。なのにそう思うなんて不思議ですよね。——誰に訊かれても、同じ答えを言いました。本心ですから」

「そやろ？　そんでええねん」

加津代は、一仕事終えたかのように、ぐーっと両腕を上げて背伸びした。外は相変わらず清々しい天気であり、輪郭線のはっきりした雲が見えている。

泰彦はようやく思い出して、エレベーターのボタンを押した。

「あの子も、もう二十四や。立派な大人やし、私が口を出すんは一旦おしまい。あとは、当人同士でやったらええ。次に私が口を出すんは、ちゃんと結婚する時や。それは、お家同士の事でもあるさかいな」

「ありがとうございます。その時はよろしくお願いします。——それでは、作業室へ行きますので、失礼しますね」

「はいはいー。精一杯、仕事気張ってや。……あ、ちょっと待って！」

「はい？　何でしょう？」

エレベーターに乗ろうとした泰彦を、加津代が止める。遠くで明日香が、壮馬達の目を盗んで泰彦に手を振ったので、泰彦もそっと手を振り返した。

それは、加津代には丸わかりである。しかし加津代は見て見ぬふりをして、愉快そうに泰彦に頼んだ。

「私も後でそこ行くし、お茶淹れといて！　この前宇治で買うたやつ！　美味しいねーん。あ、お菓子も欲しいなぁ。矢口君、そこのイズミヤでええし、何か買うて来て！」

「分かりました。行ってきます」

明日香の性格は間違いなくこの人似だな、と泰彦は苦笑いして、到着したエレベーターに乗った。


それから数日後。美三輝に、奇妙なお客様が現れた。

婚礼衣装の試着を予約していた男女二人組で、泰彦を補佐に置き、明日香が担当する人達である。

女性の出した要望は、純白のウェディングドレス。しかし、男性の方は、何も借りないと言った。

よくよく話を聞いてみれば、今回来店した天野尊（あまのたける）と妹尾美津（せのおみつ）は、新郎新婦でさえない。ただの友人同士という事だった。

「今回のご予約は、挙式と記念撮影のお衣装ですよね。新郎様は、ご自分でご用意されるんですか？」

応接スペースで明日香が訊くと、尊が「はい」と頷き、鞄から小さな写真を出した。

「式を挙げるのは、僕ではありません。ここにいる彼女と……、この人です」

綺麗な額に入れられた、優しそうな男性の写真。写っている彼は司馬響人（しばひびと）といい、尊の親友であると同時に、美津の婚約者だった。

だった、というのは、司馬が数年前に、事故で亡くなっているからである。

主な法要等が済んだ今、美津のたっての希望で、尊だけを立ち合いに形だけの挙式をしたいらしい。

その記念撮影とお衣装を、良質な品を揃えていると聞いた美三輝にお願いしたいと考えて、美津がここを予約したのである。

予約したのは美津でも、事情は尊が説明してくれた。

「式を挙げるどころか、婚姻届けを出す前に亡くなったんですよ、司馬のやつ……。あいつ、美津ちゃんと式を挙げるのを凄く楽しみにしてたんです。美津ちゃんもです。なので、さすがに家族とか他の人達は呼べないけれど、二人だけでやろうとなりました。彼女に、良いドレスを貸していただけませんか。よろしくお願いします」

尊が小さく頭を下げると、隣に座っている美津も、

「よろしくお願いします」

と、静かに頭を下げた。

亡くなった直後であれば悲しいが、時が経った今、二人の心の傷はわずかでも癒えているらしい。

明日香がカウンセリングシートを渡すと、二人は、一枚のシートを一緒に見ながら、意

見を出し合って考えていた。

「司馬は、和風の式がいいって言ってたっけ。日本庭園で撮りたいとか、そういう話してたよね？　じゃあ白無垢かな」

「でも響人は、私にドレスを着てほしいって言ってたよ。尊君は、どっちがいいと思う？」

「美津ちゃんの好きに選べばいいよ。その方が、きっとあいつも喜ぶ」

ある程度の記入が済むと、明日香と泰彦は衣装選びへと案内する。最終的に決めた二人の希望は、純白のウェディングドレスだった。

ドレスの形は、裾に向かって膨らむプリンセスラインか、同じ広がりでも、やや直線的なAラインである。これは、美津の好みで響人の好みではないようだったが、尊の、

「美津ちゃんの好きに選べばいい」

という繰り返しの言葉で、美津は自分の好みに従った。

シートを受け取った泰彦は立ち上がり、応接スペースの奥に沢山かけられているドレスの中から、希望に沿ったドレスを出す。

それを明日香に託し、受け取った明日香が美津を伴って、洋装用の試着室へと入っていった。

「天野さん。少々お待ちくださいね」

明日香が声をかけた後、鏡張りの引き戸が閉じられた。

スカート部分が大きく、背中に留め具のある構造上、ドレスを一人で着るのは難しい。試着の際は、必ず美三輝の女性スタッフが、新婦に介添えして着せる事になっていた。

今頃、引き戸の向こうでは、明日香が美津に手際よくドレスを着せて、髪型も軽く整えているだろう。泰彦は、明日香や美津の、

「締め付けとか、痛くないですか？」

「はい。大丈夫です」

という会話を聞いて状況を把握してから、尊を待たせるだけにしないよう声をかけた。

「お茶のお代わり、いかがですか」

「すみません、ありがとうございます。いただきます」

泰彦の淹れたお茶を飲むと、尊が小さく息をつく。その流れで、泰彦は尊達の事を訊いてみた。

「天野さんと司馬さんは、いつ頃ご友人になられたんですか？」

「大学です。今、僕は横浜で働いてるんですが、大学がこっちだったんですよ。京都の散策サークルっていう、要は遊びサークルに入りまして、司馬とはそこで。同期の中では、あいつと僕が一番仲良かったんじゃないですかね。美津ちゃんは、僕らがサークル活動で寄った茶房の、バイトの子だったんです。いつの間にか、そこで働いてた彼女と司馬がくっついてたんですよ。あの時は本当に驚きました。部員の皆で、『司馬がお店の子に手ぇ

出したー！』って、からかいまくったんですけど、司馬本人はずーっと幸せそうでした。からかう気も失せましたね」

尊が肩をすくめるのに、泰彦も思わず笑ってしまった。

「そのうち、部長もオッケーを出して、美津ちゃんも外部からの部員になったんです。一緒に活動に参加するようになって、僕もそこで、美津ちゃんと親しくなりました。控えめで、人と衝突しない良い子です。サークルの女の子達とも、凄く仲良かったですよ」

その後、卒業しても、司馬と美津の交際は順調に進んだ。尊も、二人と定期的に会っていたという。

めでたく結婚が決まると、響人と美津は一番に尊へ報告したという。

「式と披露宴は、もちろん京都でやるしな！　お前、仕事が忙しいとかよう言いよるけど、ちゃんと来いよー？」

「行くに決まってんじゃん。ほんとおめでとう。今から出席って返事しとくわ。あ、招待状は純金でよろしく」

「金かかりすぎやろ」

そういうやり取りを司馬として、美津が笑い、三人で祝杯を上げたという。

「――それがまさか、亡くなるとは思ってなかったですけどね。人生、本当にどうなるか、分かりませんね」

「そうですね」

しんみりとした尊に、泰彦も合わせる。それを察した尊が、

「すみません、何か変な空気にしちゃって！　あいつの事故も、もうだいぶ前の事ですからね。今は、僕らも普通に生活してますよ」

と、雰囲気を少しでも明るくするように、小さく手を振った。

「いつまでも悲しんではいられませんからね。人生は長いですし、前を向かないと……。それで今回、一つのけじめとして、ささやかな挙式と記念撮影をしようって話になったんです」

「天野さんと、妹尾さんとで？」

「はい。僕は親友を失って、彼女は最愛の人を失った訳ですからね。司馬が亡くなった直後から、お互いの気持ちが分かるという事で、ずっと励まし合ってきました。いわゆる、傷の舐め合いってやつです。でも、美津ちゃんがそれをやめたいと言って、司馬と挙式したいと言ったんです。彼女の決意だと思います。本当に、一途な強い子です。それを見届ける事で、僕も役割を果たせそうな気がするんです。ですから今日、ここへ来ました」

やがて、明日香の声がして、引き戸が開く。中からウェディングドレスを着た美津が現れて、

「尊君、どう？」

と声をかけた。

儚げな美津に、ドレスがよく似合っている。尊は愛おしそうに、

「凄く綺麗だよ。女神みたいだ」

と称え、照れ臭そうに俯いていた。言われた美津も嬉しそうに、尊と同じように俯いていた。

そんな二人の様子が、泰彦の目には妙に引っかかった。明日香も同じ事を考えたようだったが、今は何も言わなかった。

美津のドレスに関しては、確かに似合ってはいても、何かが今一つ足りない。泰彦だけでなく、明日香も尊も美津本人も、そう思っていたらしい。

もう一度、美津の書いたカウンセリングシートを見ながら、明日香と泰彦は色んなウェディングドレスを提案する。

その過程で、明日香が先の泰彦と同じように尊達の事を聞くと、小さくぽんと手を叩いた。

「京都の散策サークルやったって事は、皆さんの思い出は、京都が多い訳ですよね。もしよろしければ、和装ドレスはいかがでしょうか」

「和装？」

「ウェディングドレスのですか？」

「はい。今は、着物をリメイクしたドレスもあるんです。うちにも、和装のカラードレスの他に、白のウェディングドレスもあるんですよ。白無垢をリメイクしたものなんです」

　明日香の説明に、尊と美津が驚いている。泰彦も、ウェディングドレスでそんなのあっただろうか、と首を傾げていると、明日香にそっと耳打ちされた。

「一着だけあんねん。奥の方にしまってあるやつ。最近は出てへんかったから、泰彦は知らんかってんな。それか、研修で見たのに忘れてたか。駄目やん、商品は全部把握してんと」

「そ、そうだったんですか……。面目ない……」

　ついでに、仕事の甘さも注意されてしまう。泰彦は頭を掻きながら明日香について行き、収納スペースの中の、さらに奥へと分け入った。

　明日香が出した一着のウェディングドレスを受け取り、埃よけの袋から出す。その後、自分の長身を活かし、ドレスを垂らして尊達に見せた。

　それは、まごう事なき「ウェディングドレス」である。

　寒白菊、水仙、待雪草をレリーフのように、白の絹糸だけで織り出した白無垢をリメイクした、純白の和装ドレスだった。

　Aラインの胸元までのドレスだが、二の腕を覆う部分はレースである。

　それが、和洋折衷のレトロさを演出しており、和装、洋装、気品、愛らしさという、あらゆる要素を網羅していた。

尊と美津は、目を輝かせて凝視している。京都各地を訪れたサークル時代を、和装ドレスを通して思い出しているらしい。

押し売りにならないよう、明日香が優しく説明した。

「こちらの商品は、当社の職人による完全な手作りなんです。ですので、他のドレスよりも、少々お値段が高くなっております。その代わり、着心地も見栄えも抜群ですよ。ご試着されますか？」

美津は躊躇（ちゅうちょ）なく頷いており、尊も既に想像しているのか、美津とドレスとを交互に見つめている。

実際に、試着室からそのドレスを着た美津が出てくると、尊はもとより、泰彦も明日香も「これだ」と思った。互いの表情で、それがよく伝わっていた。

尊に至っては、ソファーから立ち上がって、美津の傍へと歩み寄っている。美津もまた、試着室の段差から降りて、自ら尊の前に立っていた。

「美津ちゃん。これにしよう。あいつも天国できっと喜ぶ」

「うん。私もそう思う。サークルで着物の体験にも行ったよね。懐かしいね」

美津の儚げな存在感と、和装のウェディングドレスの重厚な存在感が、上手く調和している。美津はその場でこのドレスに決めて、後の手続きも滞りなく完了した。

撮影の日にちは、クリスマス・イブの二十四日。場所は美三輝の七階で、日本庭園風のバルコニーと決まった。

尊は当日、自前のスーツを着ると言う。

「ありがとうございました。それでは、よろしくお願いします」

店の前で尊が頭を下げると、その一歩後ろにいた美津も小さく頭を下げる。二人は並んで美三輝を後にし、泰彦と明日香はその後ろ姿を見送っていた。

彼らはまるで、普通の新郎新婦のようである。

とても、ただの友人同士には見えなかった。

カウンセリングシートを書いていた段階から、泰彦は、彼らの仲の良さに疑問を持っていた。邪推と言われても、さすがにそう思わざるを得なかった。

「常務。あの二人、ひょっとして……」

店に戻ってから明日香に尋ねると、明日香も、小さく唸って頷いていた。

やはり客観的に見れば、誰でも分かるものだったらしい。

「泰彦も、そう思ってた？　――あの二人、絶対にお互い好きなんやと思う。うちらみたいな赤の他人が気づくぐらい、深い絆が出来てるんやもん。あの二人こそが新郎新婦さんみたいやったわ。でも……、多分、お互い、それを言えてへんのちゃうかなぁ」

「妹尾さんが、もとは司馬さんの婚約者で、天野さんが、司馬さんの友人だったからですか？」

「そう。多分、惹かれ合ったんは、司馬さんが亡くなった後やと思う。自分らが言うてはったように、お互い慰め合って、司馬さんの思い出話をして偲んでいるうちに……、かな。それでお互い、きっと、後ろめたさがあんねん」

「でも、妹尾さんは今回、司馬さんのご遺影と挙式して、記念撮影をするんですよね？妹尾さんが天野さんを好きなら何で今更……」

そこやねん、と、明日香が顔を上げた。

「これはうちの推測やけど……。確か、挙式と記念撮影を言い出したんは、妹尾さんやったやろ。妹尾さんの中で今回の挙式は、永遠の愛を誓う儀式というより、人生の一歩を踏み出す大事な儀式っていう位置づけなんやと思う。

っていうか、そういう事を、試着室で妹尾さんが言うたはったから。

今までの人生の最後を司馬さんとの挙式にして、新しい人生の始まりを、司馬さんとのお別れから始めたいんちゃうかなぁ。式は、誓いの言葉を読み上げるんが普通やから、そういう文言にして、残りの人生を精一杯歩む事を司馬さんに誓うとか……。

式を挙げて、司馬さんときちんとお別れした後で、妹尾さんは自分の決めた人生を歩まはるんやと思う。天野さんへ想いを打ち明けるんかもしれへんし、それか、恋心を封印して、一生誰とも結婚しいひんのかも。ただ、天野さんだけを立ち合いにした事を考えると

「ちょ、ちょっと待ってくださいよ常務」

……」

説得力ある明日香の言葉を、泰彦は遮った。

男同士で話した範囲だと、尊の方は、今回の挙式を後者に捉えていると思ったからだ。

「多分、天野さんは、妹尾さんが亡くなった司馬さんと結婚すると思ってますよ。つまり、妹尾さんが司馬さんへの愛を貫いて、誰とも結婚しない決意の挙式だと……。思い出してみれば、天野さん、そういう事を言ってましたから」

「そうやんなぁ……。普通、そう思うやんな」

「じゃあ、天野さんは天野さんで、今回の挙式を、自分の恋心を封印する儀式だと思ってるんじゃないですか」

「そうやと思う。片方が亡くなっても式を挙げる二人を見たら、誰かってそうするもん。それが天野さんなりのけじめで、けじめをつけた後に妹尾さんが告白なんて事になったら……。天野さんはびっくりするやろうし、最悪、友情を取って拒否するかもしれへん。そうなると、悲しいすれ違いやんね……。でも、妹尾さんの方も、挙式してけじめをつけへん限りは、自分の人生をちゃんと歩めへんのやと思う。司馬さんとの愛に筋を通して、天野さんとの関係も含めた今後の人生を綺麗に歩みたいとなると、どうしても、挙式とお別れを先にしなあかんのやと思う」

「……これが俺らの、余計な深読みだったらいいんですけどね」

「ほんまにね。二人に言うてあげたいけど、これは全部、うちらの推測やもんね。間違ってたら、えらい事やし。……無事に済んで、二人とも幸せな結果になるとええんやけど……」

挙式当日のクリスマス・イブは、雪が降っていた。

先に美三輝へ来店したのは、美津である。七階の撮影部屋へ上がった彼女は、松崎さんに化粧を施してもらい、明日香の手伝いで、例の和装ドレスを纏った。

きちんとした化粧やヘアアセットのせいもあるだろうが、試着の時よりも綺麗である。

響人の小さな写真は、美津が持参していた。彼女は写真をテーブルに置き、その前でドレスの裾を広げて見せていた。

「どう？　響人。似合ってるかな。響人は和風が好きだったから、こういうの好きでしょ？　……尊君も、私の姿を見たら何て言うかな。三人で、ちゃんと挙式しようね。そうしたら私、もう泣かないから。最期に言ってくれたように、私ちゃんと、自分の好きな道を歩むから……」

涙ぐむ美津を、泰彦は遠くから見守る。明日香とカメラマンが優しく美津を慰めて、美津も、元気を取り戻していた。

後は、尊が到着するのを待つだけである。

ところが、いくら待っても、尊が来ない。挙式の開始時間はおろか、日が沈んで夜になっても彼は来なかった。

幸い、美三輝は今日に限って予定がこれ以外ないので、担当である明日香と泰彦だけ、ずっと一緒に待機している。

カメラマンだけは帰さざるを得ず、明日香が、部屋の棚からデジカメを出した。

「妹尾さん。すみませんが、撮影はこれでさしてもらってもいいですか。私が撮りますから」

椅子に座っている美津が、不安げな表情で頷いた。

やがて、一階と繋がっている電話が鳴る。美津が立ち上がるのを明日香が制し、泰彦が取った。

電話の相手は、やはり尊だった。

「天野さん！　今、どちらにいらっしゃるんですか？　妹尾さんが待ってますよ」

嫌な予感がして、泰彦はつい性急な物言いになる。しかし尊は、それをも予想していたかのように動じず、

「……当日のドタキャンになって、本当にすみません」

という神妙な、断りの一言を切り出した。

「やはり僕は、そちらには行けません。彼女が好きだから、これ以上彼女の前にいる事は出来ません。でないと、僕は彼女に手を出して、親友を裏切ってしまう。今日、愛を誓おうとしている美津ちゃんと司馬に、それだけは出来ないんです。衣装代や場所代、キャンセル等にかかる追加料金は、全て僕がお支払いします。後日、全額振り込みます。——彼女に心からの謝罪と、幸せになるように言ってください。お願いします」

「待ってください、天野さん！　もしもし？　もしもし⁉」

それきり、電話は切れてしまった。

既に、明日香が真っ青な顔で泰彦の傍に寄っており、察したらしい美津も狼狽えている。

泰彦が二人に今の電話を報告すると、その瞬間、美津が泣き崩れた。

「嘘つき……。尊君の嘘つき！　見届けてくれるって言ったじゃない！　響人の代わりにずっと傍にいるって言ったじゃない！　だから私、響人と結婚してお別れして、それで……言おうと思ってたのに……！　響人、どうしたらいいの。尊君までいなくなっちゃう……」

美津はぽろぽろと涙を流し、泰彦達に、自分の事を話してくれた。

泰彦や明日香が予想していた通り、やはり、美津は尊に惹かれていたらしい。

響人が死んだ後、二人で生前の話をして慰め合っているうちに、尊が大切な人になったのだと彼女は語った。

「私、ずっと悩んでたんです。響人があの世で怒ってるんじゃないかって。だから、心の中で響人に謝って、一生結婚しないつもりでいたんです。でも、響人のご両親が気づいて、『息子には私達が言っておくから、あなたは新しい未来を歩みなさい。それにきっと、響人だって許してますよ』って……。だから、この挙式を終えたら響人ときちんとさよならして、立ち会ってくれた尊君に想いを伝えようと思ったんです。なのに……、なのに……！」

外でしんしんと降る雪の中、美津のすすり泣きだけが部屋に響いていた。

額の中の響人は微笑んだままだが、それでも、悲しそうに美津を慰めているように見えた。

ここまで話を聞いてしまえば、何とか、美津と尊を会わせたい。美津の背中を押した響人の両親のためにも、そうしてあげたかった。

泰彦と明日香は、とにかく尊の居場所を考える。手掛かりは、電話に出た泰彦の記憶だけだった。

「泰彦。電話の時、天野さんはどこにいはったか分かる？」

「すみません、俺にはさっぱり……！　後ろの雑踏が凄くうるさかったんで、人混みのところだとは思うんですが」

「となると、河原町とか……？　いや、今日の夜やったら、どこでも人は多いし……。その雑踏で、覚えてる音とかない？　車とか、人の話し声とか」

「車の音はなかったです。確か……、誰かが『綺麗』って言ってました。そうだ、あと、それとは別の人の声で、『でかい』って。で、音楽が流れてましたね。多分、あの、『アベリーメリークリスマス』ってやつです」

「人が多い、車なし、綺麗、でかい、音楽……。分かった、京都駅や！　クリスマス・イブになると、あそこの階段にでっかいクリスマスツリーが立つねん！　鳴ってる音楽も、毎年、大体一緒。多分そこ！」

「何のために？」

「一つしかないやん！　横浜に帰るためや！　新幹線やったら、乗られたら最後追いかけられへん。どうしよう……！」

「新幹線なら、まだ時間はあるんじゃないですか。天野さんがあらかじめチケットを取ってあるなら、その乗車時間までは、まだ京都駅にいるかもですし。——妹尾さん！　俺、今から京都駅へ」

泰彦と明日香が振り向くと、美津がいない。テーブルにあったはずの、響人の写真もなかった。

椅子の前には、底の厚いドレス用のシューズだけが残されていた。

目を見開いて部屋中を見回し、バルコニーへ走る。

最後に、閉じられたエレベーターを見ると、階数の表示が三階で光っていた。

そのまま、二階、一階へと移っている。

「えーっ⁉」

と、泰彦と明日香は同時に叫んでいた。自分達が話している隙に、彼女は下へ降りてしまったらしい。

歩きにくいシューズを脱いだ、ドレスのままで。

バルコニーとは反対の窓から、明日香が地上を見下ろした。

「いやーっ⁉　妹尾さん、ほんまにあの格好で走ったはるやん⁉」

泰彦も一瞬だけ窓から見ると、雪の中で、ドレスの両裾を持った美津が、通行人の仰天の視線を受けながら丸太町通りを疾走している。

泰彦と明日香は大慌てで非常階段から地上へ降り、残っていた松崎さんに後を頼んで美津を追いかけた。

足の速い泰彦が、堀川通りを南下した辺りで彼女に追いつく。そのまま、彼女を美三輝へと連れ戻そうとした。

しかし、美津は泣きながら泰彦の腕を振りほどく。胸元には、響人の写真。彼女は泰彦の手から逃げて、タクシーを呼ぼうとしていた。

「お願い、行かせて！　このまま尊君と別れたくない！　でないと、私は何のためにドレスを着てるのよ⁉」

　絶叫する美津の姿が、泰彦の心に突き刺さった。

　このまま無理に彼女を連れ戻しても、悲劇にしかならない。泰彦とて、この和装ドレスを辛い思い出にしたくなかった。

　それならいっそ、と、泰彦は腹を括った。

「妹尾さん、失礼しますよ！　タクシーなら、ここよりも二条城の前の方が捕まえやすい！　そこで乗りましょう！」

　腕力を使い、思い切り美津を横抱きにする。大型スーパー・イズミヤに来ている人達がざわついていたが、開き直りさえすればどうでもよかった。

　その時、丸太町通りの西から、一台のワンボックスカーが堀川丸太町に飛び出してくる。鮮やかな運転捌きなのか、そのまま堀川を南下して滑るように、泰彦達の前で停まった。

　美三輝の車である。後部座席には自転車も積んであった。

　運転席の明日香が、

「乗って！　早く！」

と促し、言われた泰彦は、美津を抱えたまま転がり込むように乗り込んだ。

　その瞬間、明日香が車を走らせる。

「会社の車、使ってもいいんですか」

と今更ながらに泰彦が訊くと、

「自分もタクシー拾おうとしてたくせに、何言うてんの！　お客様を乗せてるからええねん！　もうこうなったら一か八かや！　そのお衣装を着た妹尾さんが、ちゃんと話し合えば！　天野さんもきっと理解してくれるはず！　そうですよね⁉」

明日香が問うと、美津は車の備え付けのタオルで涙を拭き、

「はい。お願いします。どうか、私を京都駅まで連れて行ってください」

と、顔を上げて頼み、胸元の響人の写真をぎゅっと抱いた。

承知した明日香は、アクセルを踏んで堀川通りを飛ばす。西に見える夜の二条城が、幻のように後ろへ流れていった。

そのまま行けるかと思った泰彦達だったが、堀川御池の交差点から御池通りを東に入った途端、渋滞に巻き込まれてしまう。

クリスマス・イブのせいなのか、タクシーや観光バスはもちろん、普通の乗用車や、仕事帰りと思われる軽トラまで、沢山連なっている。

混雑で思うように進めず、美津が不安げに窓の外をキョロキョロ覗いていた。

明日香が道路の端に車を寄せて、座席の後方を指差した。

「泰彦、京都駅までの道は分かる⁉」

「一応。まさか常務、そのために自転車を積んでたんですか」

「当たり前やん！　こんなんも想定済みや！　うちは運転席にいなあかんし、お願い！」

「了解です。——烏丸通りまで行って、それから南に、真っすぐ行けばいいんですよね⁉」

「違う、そこの新町からの方が早い！」

明日香が指さした、目の前の南北の通り。それが新町通りだった。

「烏丸は、人が多くて漕げへんから間に合わへん！　新町は道が広いし人も少ないし、自転車を一生懸命漕いだら、多分車よりも早く着くはず！　まっすぐ行ったら塩小路に出て、ほしたら目の前が京都駅や！」

「よっしゃ、任しとけ！」

泰彦は急いで降車して自転車を出し、後ろに美津を乗せる。彼女は首や鎖骨が剥き出しなので、自分のジャケットを着せた。

「妹尾さん、掴まってくださいよ！　くれぐれもドレスを引っ掛けないように！」

「は、はいっ！」

事故を起こしてしまわないよう気をつけながら、泰彦は自転車を飛ばして京都駅へ向かった。

新町通りは、渋滞だった御池通りと比べて、嘘のように静かである。瓦屋根の昔の町家も多く、溶けた雪が街灯に照らされていた。

風に吹かれた雪が冷たい。泰彦の顔や体に直撃する。自分が大柄なので、多少は美津の盾になっている事だけが幸いだった。

美津も、必死にスカート部分を腕で抱えて、泰彦の胴に手を回し、落ちないようにしている。胸元にも、響人の写真がしっかりあった。

「矢口さん、本当にありがとうございます。弓場さんも……！　後できっと、お礼を言います。尊君と一緒に」

「よく言ってくださいました。その心意気、最後まで持っていてくださいね！」

風のように走った泰彦の自転車は、四条、五条、そして七条を抜ける。

道中、自転車の後ろに乗っているウェディングドレス姿の美津が、どうしても目立ってしまった。

終始、通行人の奇異の目が美津へと注がれていたが、美津本人は、恥ずかしがる様子など微塵もない。

やがて、京都駅の駅前が見えてくる。あと一息だというスクランブル交差点に入った瞬間、濡れていた道路で自転車が大きく横に滑り、泰彦は、美津もろとも転倒してしまった。

スピードの出し過ぎのツケが、ここで来たらしい。けたたましい音と一緒に、泰彦は美津を庇って下敷きになった。

美津やドレスは無事である。しかし泰彦自身は、全身を打ったり擦りむいたりで痛く、立ち上がるのに時間を要した。

美津が心配そうに駆け寄ってくれたが、泰彦は夢中で言い返していた。

「矢口さん、大丈夫ですか⁉」

「俺の事はいいから走れ！　何のためにそのお衣装を着てるんだ！　行け！　ツリーの場所は分かるだろ⁉」

背中を押されたように、美津が頷く。ぱっと弾かれるように邪魔なジャケットを脱ぎ、泰彦へ預けて背を向けた。

彼女はそのままドレスの両裾を持ち、京都駅ビルを目指して走り出した。

スクランブル交差点は元より、京都駅の前にいる人達が全員、ざわつきながらの大注目である。

それでも、美津は構わず裸足で疾走した。

一心不乱にウェディングドレスの裾を少しだけ持ち上げ、その端をひらりとなびかせて。

誰よりも愛する人と共に、誰よりも愛する人のもとへ行くために、彼女は走った。通行人が潮のように身を引き、美津の走るべき道が、図らずも出来上がっていた。

澄んだ空気の中、聖夜を駆け抜ける純白の彼女は美しい。お衣装というものを着た、その人の人生の濃さと勇敢さが、彼女の後ろ姿に凝縮されていた。

泰彦も、駆けつけた警察官に軽く怒られた後、自転車を端に置いて美津の後を追う。

「ＪＲ　京都」と大きく掲げられた入り口を抜け、エスカレーター横の階段を駆け上った。四階に出ると、西側の百二十五段にもなる大階段が、ＬＥＤの光で鮮やかなツリーやプレゼントの絵を作っている。東側の踊り場では、巨大なクリスマスツリーが金色に輝いていた。

美津がそこで、大階段を見上げたり周囲を見回したりして、必死に尊を捜している。追いついた泰彦も捜したが、大階段もツリーの前も、見物人やカップル達で混雑していた。

一段一段確かめて、尊を捜すのは困難である。

途中、マイクを持ったイベントの管理者に、

「すみません、そろそろイベントが始まりますので……」

と声をかけられ、端に追いやられそうになった。

泰彦が事情を説明しようとした、その時。追いついた明日香が階段からこちらまで走ってきた。息を切らしながら、管理者の持っていたマイクを奪うように借りる。

そして間髪を容れず、

「恐れ入ります！　この中に、天野尊様はいらっしゃいますでしょうか⁉　新婦様をお連れしました！」

と、大階段の上まで聞こえる大声で、尊を呼んだ。

当然、ツリーの前や大階段で座っていた人達は、一斉にこちらを見て驚いている。見物人やカップルの何組かが、気を利かせて階段に座ったり、中の伊勢丹に入ったりして、尊を捜しやすくしてくれた。

やがて、その中から、八階あたりの端にいた尊を見つける。泰彦達は、三人同時に「あっ！」と声を出していた。

遠目だが、尊も驚いているらしい。泰彦は彼が逃げるかもしれないと覚悟したが、美津だけを見つめている尊に、その気配はなかった。

「尊君」

美津が、涙ながらに大階段を上る。尊も、自分を追ってここまで来た美津の心に、胸打たれたらしい。ふらふらと階段を下りて、やがて美津の前に立った。

泰彦と明日香には、二人がどんな会話をしているかは聞こえない。

だが、美津はきちんと挙式の意味と想いを話したらしく、尊も、それを確かに受け止めた上で、自身の気持ちを伝えたらしい。

美津が、泣きながら尊の胸に飛び込んだ。尊も、涙を流しながら美津を固く抱きしめる。二人とも、片方の手で響人の写真を抱き、もう片方の手でしっかりと、互いの体を抱いていた。

周囲はあらゆる色のライトで溢れていたのに、美津のドレスは、どれだけ照らされても、いつまでも純白のままである。

ふと横を見ると、明日香が貰い泣きしている。さすがの泰彦も、少しだけ鼻をすすった。

全ての仕事を終えた泰彦と明日香は、もうくたくただった。

美津と尊を会わせた後、イベント関係者から軽く怒られ、駅ビルの係員からも軽く怒られ、松崎さんから連絡を受けた壮馬にも、軽く怒られた。

怒られたといっても、

「何してんねん、お前ら⁉　今時、ドラマでもそんな事せえへんで⁉　まぁええわ、そのまま、お客様を本店へお連れしたげて。式と撮影をして、片付けが終わったら、二人も帰ってええし。——お前ら、ようやったな！」

と、怒っているのか褒めているのか分からない言い方で、とりあえず二人は、罰則を免れたようである。

やっていた事は激しくても、一応の名目上は「新婦を新郎のもとへ連れて行った」と言えるのも、その理由の一つらしい。

そして何より、結果論とはいえ泰彦達の決断が美津達を幸せに導いたという点も、壮馬は評価したようだった。

泰彦達に連れられて本店に戻った美津と尊は、七階で改めて三人だけの挙式をし、記念撮影した。

響人と美津の撮影が終わると、美津は、響人の写真をぎゅっと抱いた。

「響人。今まで、本当にありがとう。これからは、尊君と頑張って幸せになるから、見ててね」

そのまま、写真にそっとキスをする。テーブルに写真を置いて離れ、これを以て美津は響人とお別れした。

やがて新郎が、尊へと替わった。

タキシードを借りて着替えた尊も、微笑む響人の写真に話しかけ、生涯かけて美津を幸せにすると誓う。全てを終えて帰り支度をした二人は、今度は、固く手を繋ぎ合っていた。

美津が、泰彦達へ丁寧に頭を下げた。

「今回の件、本当にありがとうございました。近いうちに、互いの両親も交えて正式に結納して、もう一度式を挙げようと思います。その時も、よろしくお願いしますね。ウェディングドレスはもちろん、あの和装ドレスがいいです。

——子供が出来たら、お宮参りや七五三のお衣装も、ここでお借りしていいですか。その子が結婚した時も、その子の子供が生まれた時も、ここでお衣装を借りてもいいですか。横浜からだと、遠いかもですけど……」

彼女の言葉に感極まって、明日香がまた貰い泣きする。明日香は心から嬉しそうに、うんうんと首を縦に振っていた。

「もちろんです！　絶対絶対、お待ちしてますね！　いつでも遊びに来てくださっていいですから、また、元気なお顔を見してくださいね！」

明日香の明るさにつられて、美津も笑う。それを見た尊が、

「何か、京都で親戚が増えたみたいだな」

と呟いた後、明日香と泰彦に深々と頭を下げた。

「もしよければ、美三輝さんの事を、本当に親戚のように思わせてください。僕らは、それほど着物とかに詳しい訳じゃありませんから、何かあった時に聞ける人がいると心強いです。――それでは失礼します。本当に、ありがとうございました」

幸福に終わった結末と、未来への旅立ちを抱いて。二人は、寄り添いながら「お衣裳美三輝」を後にした。

エピローグ

二人を見送った後、泰彦（やすひこ）と明日香（あすか）は七階に戻って後片付けをしながら、今回の件を話した。

美津（みつ）と尊（たける）を会わせる事は、絶対に、一人だけの力では出来なかった。泰彦と明日香が協力したからこそ、成し得た仕事である。

それについて互いに感謝し合い、

「ちょっと、夫婦の共同作業みたいでしたね」

と、泰彦が照れ隠ししながら言うと、明日香は顔を真っ赤にした。

「……ほんまに、そうかもなぁ。そうやったらええなぁ。ありがとう、うちの仮お婿さん！」

微笑んでは、いつものようにお婿さんと言う。泰彦も口では「まだ結婚してませんけど」と返したが、本心ではもう「明日香のお婿さん」だった。

まだ夫婦ではないが、何だか夫婦のようである。それが、泰彦にはたまらなく嬉しかった。

バルコニーでは雪が絶え間なく舞い込んでおり、明日は積もるかもしれない。

泰彦が最後の仕上げとして床を掃除していると、バルコニーに出ていた明日香が踏み台を置いて、生垣から顔を出していた。

「泰彦、見て見て！　外の夜景がめっちゃ綺麗！」

手招きするのへ、泰彦は苦笑いして隣に立った。

「常務、片付けはどうしたんですか。そんなところにいて寒くないんですか……って、うわ。すげー綺麗」

背の高い泰彦は、踏み台など要らない。少し背伸びするだけで、簡単に外を眺められた。

生垣の向こうでは、ビルの七階から見える冬の京都の夜景が広がっている。雪が降っていて柔らかで、宝石のような光の海の南側に、小さく京都タワーの点滅が見えていた。

空気が冷えて澄んでいるからか、世界の全てが清らかだった。

「まさに、クリスマス・イブに相応(ふさわ)しい光景ですね。こういう京都もいいなぁ」

「ほんまにね。うち、昼の京都も、夜の京都も、どっちも好きぇ」

明日香の吐息が聞こえる。見ると、明日香は夜景を眺めつつ、寒そうに腕を組んでいた。

泰彦は迷わず自分のジャケットを脱ぎ、明日香の肩にかける。お礼を言った明日香が嬉しそうに袖を通す姿があまりにも愛らしかったので、泰彦はつい、彼女を引き寄せて頬にキスした。

バランスを崩した明日香が、泰彦の胸に倒れ込む。泰彦はそのまま彼女を抱き上げて、再び夜景が見えるようにした。

「こうしたら、踏み台はいらないですね？」

「う、うん。よう見える。ありがとう……。って！　泰彦、今何した⁉　キスしたやんな！　うちに⁉」

「すみません。つい、先走りました。職場ではやめようと思ってたんですが……。社長やオーナーには、内緒にしていただけますか」

泰彦が顔を赤らめて俯（うつむ）くと、明日香は目を輝かせて何度も頷いていた。

「大丈夫！　バルコニーやし、半分外！　ノーカン、ノーカン！　ありがとう泰彦！　もう一回やって⁉　今度はほっぺじゃなしに、ここに！」

明日香が、悪戯（いたずら）っぽく自分の唇を指差す。その勢いに、泰彦はかえって苦笑してしまった。

逃げるように横を向くと、

「キスしたんは自分やんかー⁉」

と、明日香に怒られてしまった。

結局、それは職場でないところでしましょう、という事になる。明日香はふくれっ面をしていたが、結局、笑顔で承諾した。

「あぁ、楽しみやなぁ。泰彦のキス。どんな風にしてくれるんやろ」

「あんまり期待されると困るんですが……」

「冗談やって。泰彦さえいてくれたら、うちは十分幸せやもん。――なぁ、泰彦」

「何ですか？」

「うち、泰彦に出会えてほんまによかった。同じ事をこれからも何回も言うと思うけど……、大好きやしな」

「ああ。俺もだよ」

二人で夜景を楽しんだ後、明日香を降ろして室内に戻る。

泰彦は、仕事終わりに渡そうと思っていたクリスマスプレゼントを思い出し、部屋に置いていた鞄からそっと出した。

中身は、自分の出身地・山梨(やまなし)県の特産品。鹿革に漆で模様をつける布工芸品、甲州印伝(こうしゅういんでん)の印鑑入れとパスケースだった。

箱を開けてそれらを見た明日香は、口元に手を当てて喜んだ。

和装にも使える、泰彦の地元の物を貰った事が、彼女にとって最高のプレゼントだったらしい。

「泰彦、ほんまにありがとう！　ほんまに大好き！　……やけどこの印鑑ケース、中身カラやん？　『矢口(やぐち)』の印鑑は入ってへんの？」

「入ってるわけねえだろ⁉　結婚する訳じゃねえんだから。というか、俺がお婿さんなら、矢口の印鑑じゃなくて弓場(ゆば)では……？　まぁ、一人前になったら、きっとそこに入れます！　弓場か矢口のどっちかを。だから、待っててくれ」

想いを伝えると、明日香はプレゼントと泰彦の手を両手で握り、

「うん。待ってる。やからこれからも、美三輝（みさき）で一緒に頑張ろな」

と、女神のような眼差しで、優しく微笑んでくれた。

やがて、明日香も恥ずかしそうに肩をすくめて、

「実はな。うちも、泰彦へのプレゼント買ってあんねんけど……、甲州印伝やねん。かぶっちゃった」

と告げる。泰彦は笑って、

「そうですか。やっぱり、俺と常務は気が合うんですねぇ」

と、幸せいっぱいで答えた。


バルコニーの外の夜空を見上げ、泰彦は、自分達の未来を思った。

人生は長く、何があるか分からない。

けれど、その節目に幸せな気持ちでお衣装を着るために、誰かに着てもらうために、精一杯生きていこうと、自分自身に誓った。

和装やお衣装と、目の前の彼女や皆と共に。

明日も、京都でのそんな人生が始まる。

あとがき

皆様、はじめまして。天花寺さやかです。

この度は、『京都丸太町の恋衣屋さん』をお手に取ってくださり、最後まで読んでくださいまして、本当にありがとうございました。

泰彦や明日香、美三輝の皆も、きっと喜んでいると思います。この小説を通して、和装やお衣装、そして京都にご興味を持ってくだされば幸いです。

この小説に出てくる「お衣裳 美三輝」や泰彦達は、全て架空の人物です。作中における記述、物事の考え方、描写等の文責は全て私にあります事を、まずは明記させていただきます。

そのうえで今回、この小説を書くにあたりまして、実際に堀川丸太町の西にあるお店「お衣裳さわらぎ（Kimono Agaru kyoto）」様に、何度も取材させていただきました。

お忙しい中、さわらぎ様はいつも快くご対応してくださり、皆様の温かさが、そのまま本作の世界観となっております。本当に、ありがとうございました。

さらに、第二話「絹紅梅と綾傘鉾の縁結び」では、綾傘鉾保存会様のご認知のもと、関係者の方に取材させていただき、貴重なお話やご意見を伺いました。

こちらも、心より御礼申し上げます。

その他、沢山の方のご協力や、ご指導ご鞭撻を賜り、ようやく、「京都丸太町の恋衣屋さん」の完成に至れたと思っております。

何もかも、本当に頭の下がる思いです。全ての方々に、心よりの感謝を申し上げます。


取材の際、さわらぎ様にて、沢山の素晴らしい唐織の婚礼衣装、西陣織の帯、淑やかさ溢れる訪問着、そして、上質さを追い求めたドレス等を拝見しました。

その重厚感、輝き、糸一本一本の綿密さと芸術性は、今この瞬間に目を閉じても、瞼の裏に描けるほどです。

それほど和装には鮮やかさがあり、特に、贅を凝らした婚礼衣装には、日本人としての魂を揺さぶられる熱さも感じられました。

京都と聞いて人がイメージされるのは、おそらく「着物」、つまり、和装がほとんどではないでしょうか。

なぜそうなったかというと、京都には千年分の歴史はもちろん、知識と技術、職人さん達や和装に携わる方々のお心意気が結集しており、それが、今日まで和装の世界を支え、盛り上げ、確かなアイデンティティにまで高めているのだろうと、未熟な私なりに感じております。

そういう和装の世界を、京都、あるいは日本では身近に接する事が出来ます。凄い事です。

第三話で書かせていただいた通り、京友禅だけでなく、加賀友禅、東京友禅もあります。伝統の枠から出た自由な発想が特徴の、新潟県の十日町友禅というものもあります。

他にも、鹿児島県南方の大島紬や、茨城県や栃木県の結城紬。生地を見れば、京丹後の丹後ちりめんに、滋賀県長浜市の浜ちりめん。長野県安曇野市の特産品、天蚕糸で作った着物は、綺麗な光沢が特徴です。

本作の最後に、山梨県の甲州印伝も書かせていただきました。

つまり、和装の特産品は、日本各地にあるのです。本作で和装にご興味を持っていただき、京都や地元の和装についてもご興味を持っていただくと、これ以上の幸せはありません。

明日香や泰彦達も、凄く喜んで、一層お仕事に励んでくれると思います。

つい、長々と書き連ねてしまいました。すみません（笑）。

最後にもう一度、言わせてください。

皆様、本当にありがとうございました。今回の事を胸に、一層精進を重ねて参りたいと思います。
またどこかでお会いしましょう。
それでは、失礼致します！

令和三年　梅の花が綺麗に咲く頃に

天花寺さやか

◆この作品はフィクションです。
実在の人物、団体などには一切関係ありません。

双葉文庫

て-05-01

京都丸太町の恋衣屋さん

2021年4月18日　第1刷発行

【著者】
天花寺さやか

【発行者】
島野浩二
【発行所】
株式会社双葉社
〒162-8540 東京都新宿区東五軒町3番28号
［電話］03-5261-4818（営業）　03-5261-4851（編集）
www.futabasha.co.jp（双葉社の書籍・コミックが買えます）
【印刷所】
中央精版印刷株式会社
【製本所】
中央精版印刷株式会社

【フォーマット・デザイン】
日下潤一

ISBN978-4-575-52462-8 C0193
Printed in Japan